ALPHAPOLIS
WEB CITY SINCE 2000

スピリット・マイグレーション 3

A L P H A L I G H T

ヘロー天気
Hero Tennki

アルファライト文庫

主な登場人物
Main Characters

コウ
精神のみとなって異世界にやってきた、本編の主人公。他者に憑依《ひょうい》して行動を共にする能力を持つ。
スィルアッカ
若くしてナッハトーム帝国軍最高司令官を担《にな》う皇女。勇猛果敢《ゆうもうかかん》で才色兼備《さいしょくけんび》。
京矢《きょうや》
帝国の離宮《りきゅう》で眠り続けていた謎の青年。コウとの邂逅《かいこう》で目覚め、その正体が明らかに。

レイオス
グランダール王国第一王子。〝金色の剣竜隊〟を率《ひき》いる冒険好き。
リンドーラ
エイオア国出身の高名《こうみょう》な祈祷士《きとうし》。他者の心に語りかける力を持つ。
ディードルバード
資源豊富な帝国の支分国マーハティーニの王子。
ターナトーリア
スィルアッカが子供の頃から付き従っている侍女。
メルエシード
若く美しいマーハティーニの王女。

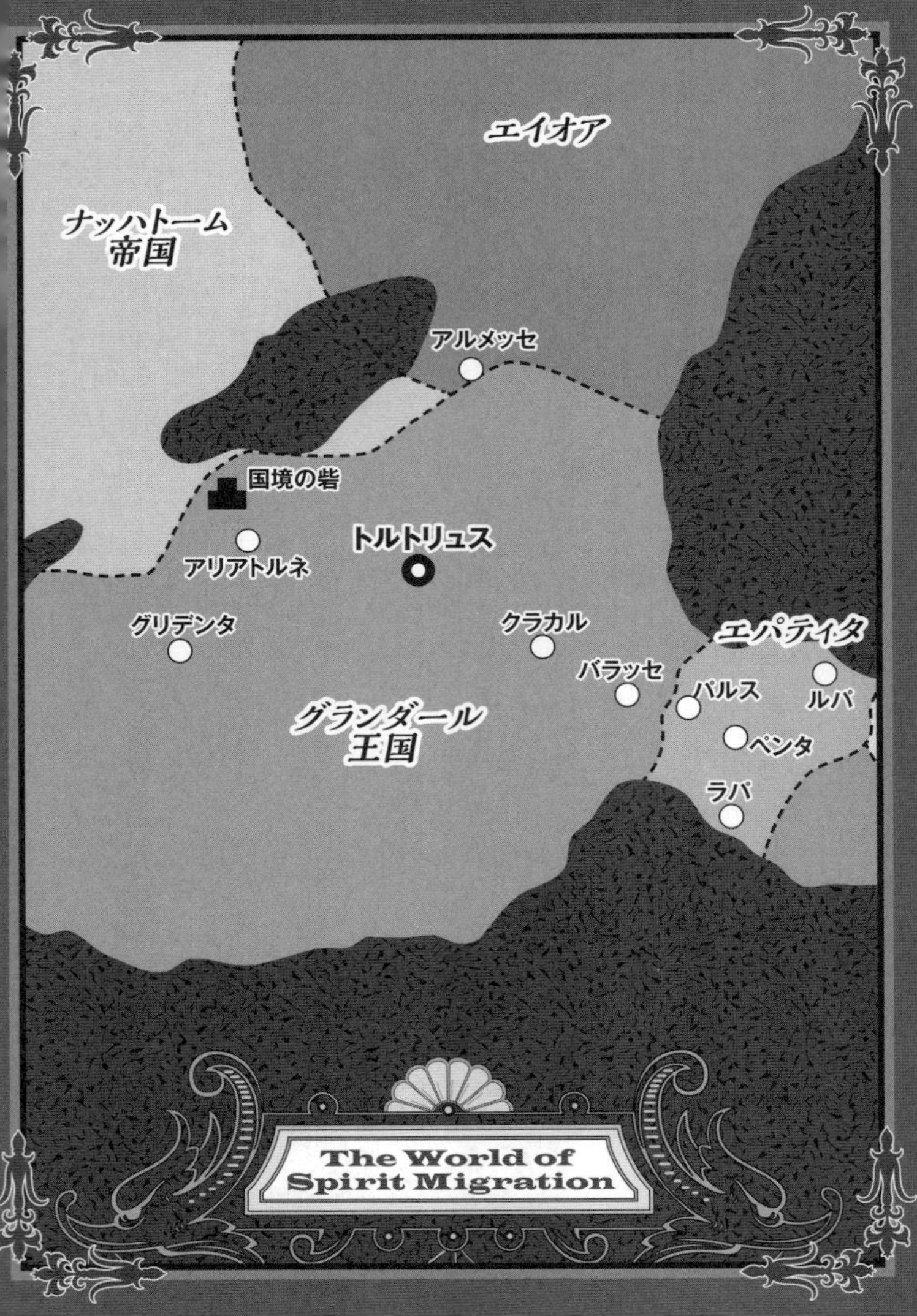
エイオア
ナッハトーム
帝国
アルメッセ
国境の砦
トルトリュス
アリアトルネ
グリデンタ
クラカル
エパティタ
バラッセ
パルス
ルパ
ペンタ
グランダール
王国
ラパ
The World of
Spirit Migration

プロローグ

　フラキウル大陸南西部に広がる砂漠地帯には、点在するオアシスの数だけ民族国家が存在すると言われており、それらが支分国となって、一つの大きな帝国を成している。

　豊かな水源と肥沃《ひよく》な大地の広がる南東部への進出を目指して纏《まと》め上げられた国、それがナッハトーム帝国であった。

「む、スィル様がお戻りになられたぞ、門を開けろ」

「開門！」

　コウ達のいるグランダール王国が魔導寄りの技術で発展してきたのに対し、ナッハトームは機械化寄りの技術が進んでいる。

　ただし、元々グランダールの魔導兵器に対抗する目的で開発が進められた為《ため》か、その技術は軍事用の兵器類に偏《かたよ》っていた。またそうした事情により、魔術士や戦士など戦闘に長《た》けた冒険者が多く輩出《はいしゅつ》される傾向にあった。

　重々しい音を立てて宮殿の大門が開かれると、騎馬隊がそのまま通過できそうなほど広い正面の通りを、一人の戦士が闊歩《かっぽ》していく。重甲冑《じゅうかっちゅう》に包まれたその姿に、兵士達は皆、尊敬と憧《あこが》れの眼差《まなざ》しを向けている。

門から宮殿に入り、広い廊下を真っすぐ進んだ突き当たりには、扉の付いた大きな柱が並ぶ。塔のようにも見えるその柱の中でも、ひと際《きわ》大きい中央の柱に、細かい装飾の入った豪華な扉があった。その前に立つ老紳士が戦士を丁寧なお辞儀《じぎ》で迎える。

「お帰りなさいませ、スィルアッカ様。兵達の訓練、お疲れ様です」

「うむ。皆はもう揃っているか?」

重甲冑の兜《かぶと》の奥から、少々くぐもった、しかし確かに女性のものと分かる凛《りん》とした声が発せられる。

「はい。皆様、お待ちになっていらっしゃいますよ」

老紳士はそう答えると、扉を開いて自身が仕える主を中へ促した。この大きな柱は半年程前の改修で宮殿に設置された、機械式の昇降機である。廊下の両側には内向きに階段が伸びているが、今は非常時にしか使われていない。

各方面から集まったナッハトーム軍の将校達が一斉に立ち上がり、入室してきた重甲冑姿の最高司令官、ナッハトーム帝国の皇帝陛下より全軍の指揮権を委《ゆだ》ねられているスィルアッカ皇女殿下に敬礼を捧《ささ》げた。

「スィル将軍！」

「皆、ご苦労。早速だが現在の戦況を報告してくれ」

訓練所から直接宮殿の総司令部にやって来たスィルアッカはそう言って、会議の席では邪魔になる重甲冑をぽいぽいと脱ぎ始めた。司令部付きの使用人達がそれを手伝い、最高級の訓練用重甲冑が手際《てぎわ》よく片付けられていく。

ごつい篭手《こて》の内側からは細く引き締まった健康そうな白い腕が現れ、膝を護《まも》る装甲や脛《すね》当《あ》てが外されるとスラリとした脚線美《きゃくせんび》が露《あらわ》になる。兜と一体になっている胴体部分を脱いでようやく身軽になったスィルアッカは、新鮮な空気を吸い込み、伸びをした。

汗に濡《ぬ》れる火照《ほて》った身体を使用人から受け取ったタオルで拭《ふ》きながら、大きな地図の広げられた台座の傍《そば》に腰を下ろす。

僅《わず》かな布で胸と腰回りしか覆《おお》われていないその姿に、若い将校達は目のやり場に困る。アップにした髪を解き、赤み掛かった金髪が絹糸《きぬいと》のように滑《なめ》らかな流動で肩を撫《な》でたところで、重鎮《じゅうちん》の将校が報告を始めた。

——ちなみに、これら一連の扇情的《せんじょうてき》な行動は彼女《スィル》の計算尽《ず》くである。

「ふむ……では、やはりグランダール側にも異世界の技術が伝わっている可能性が高いという訳だな？」

「ハッ、交戦した兵の証言と技術者達の話を纏めると、ほぼ確定ではないかと」

「魔導船なども『例の書物』にある空飛ぶ船そのものと言えますし、先日の戦いで新たに投入された魔導兵器部隊――」

「あれは丸っきり我々側が開発していた〝滑走機《かっそうき》〟や〝携帯砲〟と同じ概念《がいねん》を持つ兵器ですぞ」

グランダールで〝魔導輪《まどうりん》〟と〝魔導小銃《まどうしょうじゅう》〟と呼ばれている新型武装がそれだった。完成度はやはり魔導器を使っているグランダールの方が高いようだと、強襲部隊の将校が忌々《いまいま》しそうに顔を顰《しか》める。

全く同じ時期に同じ概念から成る新しい兵器が現れるなど、偶然とは思えない。『例の書物』に関する情報と新兵器開発については厳重な管理体制が敷《し》かれており、情報が漏《も》れたとも考え難《にく》い。そもそも魔導技術で先行するグランダールが、ナッハトームで極秘開発中の機械化兵器を探って真似るとも思えないのだ。

となると、ナッハトームが確保している異世界人の書物と同じモノか、或《ある》いは書物に書かれてあるような知識を持つ者がグランダールにも居ると考えられる。

「その事ですが、暗部《あんぶ》同盟の報告にもそれらしい人物の存在を示す情報があったようです」

「ほう、事前に詳細を掴《つか》んでいたと？」

「それが……作戦の進行状況を纏めた定期報告にあった情報でしたので、見落としていたようで」

「そうか、ではもっと詳しく調べさせよう」

丸被《まるかぶ》りした新兵器の発想の出所《でどころ》については、それで話を終える。それから国境の砦《とりで》に対する戦略やエイオア国の動向、グランダール軍の動きに対する確認と対処の指示を一通り済ませ、スィルアッカ最高司令官は総司令部を後にした。


軍施設の集中する区画を抜けて離宮《りきゅう》へと向かう廊下に入ると、控《ひか》えていた侍女達がわらわらと寄ってきて、スィルアッカに皇族の衣装を着せていく。歩みを止める事なく着衣を済ませるスィルアッカは、これから向かう場所の事についていつもの確認をとった。

「〝彼〟はいつも通りか」

「はい。今日もお変わりございません」

護衛もこなす側近の侍女から、エイオアより祈祷士《きとうし》を呼んでいる事などの報告を受けつつ離宮の廊下を進み、スィルアッカは一番奥にある部屋の前に立つ。〝彼〟の世話係達が並んでお辞儀をする中、彼女は部屋へ足を踏み入れた。

そこそこ豪華な作りをしたこの部屋は、他の部屋と違って壁に窓がなく、天窓から差し込む光も厚いカーテンで遮《さえぎ》られ、昼間でも薄暗い。一応、要人を持《も》て成《な》す為の部屋ではあるが、まるで隔離《かくり》部屋に近い印象を与えている。

入ってすぐの広間は応接スペースとなっており、〝彼〟の容態《ようだい》を診《み》る為に呼ばれた医者や薬士達はここで待たされる事になっていた。

「お前が今回呼ばれた祈祷士《きとうし》か。かなりの腕利きだと聞いている」

「御初に御目に掛かります、スィルアッカ様。エイオアの祈祷士、リンドーラと申します」

一年程前、ナッハトーム帝国の治癒施設として使われている古い遺跡で、倒れ伏した一人の若者が発見された。その若者は、明らかにナッハトームの人間ではない顔立ちをしており、身に纏う衣服は非常に上質で、近くには高級そうなカバンと極めて精密な絵の描かれた書物が散らばっていた。

奇妙な事に、この若者は発見された時から意識を失ったままで、どんな治癒術を施《ほどこ》しても目を覚まさなかった。

行き倒れの遭難者を発見したとの届け出を受けた治安課の担当官は、若者の身形《みなり》や所持品にあった書物、見た事もない筆記用具らしき精巧《せいこう》な道具などから、何処《どこ》かの大国の貴族ではないかと考えた。そして軍上層部に大使の行方不明者が居ないか問い合わせたのである。

その時に持ち込まれた書物や精巧な道具がたまたまスィルアッカ皇女の目に留まった。その際、彼女は皇帝の秘事録《ひじろく》にある、〝異邦《いほう》の地よりも更に遠く異界より迷い込みし者あらば此《こ》れ必ず確保すべし〟という古い言い伝えを思い出す。

何処の国から来たのか、はたまた秘事録の一節にあるような異界から迷い込んだのか。いずれにせよこれほど精巧な道具を作り出せる技術を持つ国の人間ならば是非とも厚く保護し、その国と国交を開いてグランダールに対抗し得る技術の援助を求めたい——

当時、既《すで》に皇帝から全軍の指揮権を与えられ、ナッハトームの行く末を任されていたスィルアッカ皇女は、国力の強化を図る為にこの若者、名も分からぬ〝彼〟を持て成すべく離宮に運び込んだ。

しかし、それから何日経っても〝彼〟はひたすら眠り続けた。スィルアッカは〝彼〟の治癒に高名な医者や術士を呼ぶ一方で〝彼〟の書物を調べ、そこに精巧な絵で記されている様々な兵器類を見て、これを実現できないかと考えた。

神話や御伽噺《おとぎばなし》にありそうな天に広がる大地の風景と、そこに描かれた空飛ぶ船。巨大な足をつけた動く砦、城のような甲冑巨人。兵器開発の技術者達は書物から得たアイデアを活かすべく研究に勤《いそ》しみ、ナッハトームの機械化兵器が開発されていった。

そして調べど探れど一向に正体の分からない〝彼〟については、やはり異界より迷い込んだ者ではないかと考えられるようになった。

この異世界人が目を覚ませば、もっと色々な知識を得られるのではないか——今回、エイオアから高名な祈祷士であるリンドーラが呼ばれたのは、そういった流れからである。

意識不明の異国人男性を覚醒《かくせい》させられないか、状態を診て欲しいとの依頼。

宙空を漂《ただよ》う魔力を集めて自らに取り込み、特定の流れを作り出して諸現象へ導く魔術士と違い、祈祷士は自然界の魔力の流れに触れ、交流と干渉《かんしょう》によってその方向性を定め、諸現象へ導く。

全ての生ある者は、その身に血肉と同じように魔力を宿している。祈祷士の術は魔力の流れを通してその生命に触れ、相手の本質を感じ取る事ができるのだ。

「では、早速だが診て貰おう。こっちだ」

「はい」

奥の寝室には、天幕付きのベッドに横たわる若い男性の姿があった。傍に付いていた世話係が外され、部屋にはリンドーラとスィルアッカ、側近の侍女、そして眠り続ける〝彼〟の四人だけとなる。

〝彼〟が異世界人であるかもしれない事は一般的には伏せられているが、リンドーラには治癒に必要な情報として、色々と細かい事情も含めてある程度まで明かされていた。

そして、対象の心に触れてその者の本質を見抜く熟練祈祷士の能力が発揮される。

「……！」

リンドーラは〝彼〟の状態を視て、一瞬目を見張った。それからその意味に気付かれないよう、〝彼〟の状態についてスィルアッカ達に説明を始める。魂は宿っているが意識が精神諸共《もろとも》存在していない。この世界に現れる際、落としてきたのかもしれない――と。

「今の状態では一生掛かっても自然に目覚める事はないでしょう。ですが、何かの拍子《ひょうし》に精神が戻る事もあるかもしれません」

「祈祷術で精神を呼び戻す事はできんのか？」

「それは……世界が違うので非常に難しいですね」

「ふむ、方法がない訳でもないという事か」

顎《あご》に指をあてて考え込むスィルアッカに、リンドーラは『無理に目覚めさせようとすると本来の精神とは違うモノが入り込んでしまう危険もあるので、迂闊《うかつ》に降神術の類《たぐい》は試さない方が良い』と警告する。

「状態が判明しただけでも良しとするか。ご苦労だった、エイオアの祈祷士よ」

「あまり御役に立てず、申し訳ありません」

リンドーラが殊勝《しゅしょう》に頭を下げて退室すると、〝彼〟の世話係が呼ばれて再びベッドの傍に控える。寝室を出る際、スィルアッカは側近の侍女に一瞬の目配せを行った。僅かな動作で承《うけたまわ》りの意を示す侍女は、他の侍女達に混じっている部下に目線で指示を出す。

この祈祷士の動向を監視せよ――そんな内容の指示であった。

ナッハトームの王宮を後にしたリンドーラは、心の中で確信していた。離宮の奥深くに匿《かくま》われている精神の抜けた眠れる異世界人――あれは、以前バラッセの街の迷宮で出会ったコウの本体である、と。

エイオア国としてはグランダールとナッハトーム、どちらが優勢になり過ぎても困る。グランダールの現国王や次期国王とは上手く付き合っていけそうだが、ナッハトームは次代の皇帝がどう動くかまだ未知数だった。

今回のナッハトームによるグランダール侵攻の再開はある意味、スィルアッカ皇女が現皇帝や民や支分国に自身の次期皇帝としての能力を示す為のものでもある。

機械化技術を発展させ、国力の強化に尽力したスィルアッカ皇女は現在グランダールとの戦況も、魔導兵器を駆るグランダール軍相手に互角以上に進めており、その力を十分に示している。

もし、最近なにかと活躍が噂されるコウが本来の身体に戻り、ナッハトームが今以上の力を得るとしたら、戦力バランスが大きく崩れ兼《か》ねない。

グランダールの魔導技術とどうにか並ぶまでに発展した機械化技術だが、帝国は異世界より持ち込まれた書物を解析して参考にしただけで、あそこまで機械化技術を発展させたのだ。

以前見たとき、魔獣犬の中にいた精神体のコウは記憶を失っているようだった。そのコウが本来の身体に戻る事で記憶が覚醒した場合、文字も分からない絵付きの書物からのみで進められていた帝国の機械化技術は更に洗練《せんれん》され、魔導技術をも凌駕《りょうが》するほど発展し――ナッハトームは再び覇権《はけん》を求めて侵攻を始めるかもしれない。

(コウには知らせない方がいい？　或いは……冒険者としてエイオアに呼び込んだ方が確

実？）

帰国したら評議会に報告しなければと一つ予定を立てたリンドーラは、送迎の馬車に乗り込んだ。

1

グランダール王国の西域にある街グリデンタは、先にナッハトームに侵攻されたアリアトルネと同じく、ナッハトームとの国境近くにある。だが、砦と兼用の非常に強固な街である為、ナッハトーム軍もここには手を出していない。

地理的にも国境から馬車で二日分ほど南に位置しているので、距離がありすぎて補給線が延びきってしまう。攻略のリスクが高い為、攻撃対象としての優先度が低いという理由もある。

グランダールの王都トルトリュスを飛び立ったアリアトルネ行き魔導船の定期便二〇八エスルア号は、このグリデンタを経由してアリアトルネに入る航路を進んでいた。現在はグリデンタまで巡航速度であと半日ほどの地点を夜間航行中である。

ナッハトーム帝国軍の遠征部隊から国境の街バラッセを防衛する為、ガウィーク隊より特別任務を受けてバラッセに派遣《はけん》されていたコウは、無事防衛を果たして王都トルトリュスに帰還した。

そして今、ガウィーク隊はアリアトルネの防衛に就いており、コウも彼等と合流するべく、この定期便に乗船している。

「あら……コウ君、まだ起きてるの？」

「うん、ちょっとね」

船室で寄り添って眠るお姉さん方に両側を挟まれているコウ。彼女達はアリアトルネで就労予定の使用人である。睡眠をとる必要のないコウは普段、皆が寝静まっている間に魔術の練習をしたり、外を散歩したりするのだが、船に乗っている間は無闇《むやみ》に動き回る訳にもいかないので大人しくしている。

「だめよ～？　子供はちゃんと寝ないと」

そう言って自分の膝にコウを抱き寄せた使用人の女性は、包《くる》まっていた毛布で一緒に包み込むと、やがて穏やかな寝息を立て始めた。

船室の小さな窓を見上げれば、そこには月明かりに照らされながら流れていく灰色の千切れ雲。その隙間に瞬《またた》く小さな星々。低く唸《うな》る魔導機関の稼動音に混じって、僅かに聞こえる風の音。夜間航行の静かなひととき。

なんとなく懐《なつ》かしさを覚えたコウは、自分を毛布で包む使用人のお姉さんの鼓動に耳を傾《かたむ》けながら目を閉じた――その時、風の音に何か別の音が混じった。


「ん？　なんだあの光は――」

見張り役の兵が船の縁《へり》から地上の森を見下ろした瞬間、左舷《さげん》前方で爆発が起きた。エスルア号の船体が大きく揺れる。

「何事だ！」

「分からんっ、敵襲かもしれん！」

「見張りが一人落ちた！」

「くそっ、機関全開！　最大速度で上昇しろっ」

地上からの攻撃らしいという事で、上昇して回避《かいひ》を試みるエスルア号の船尾を、何かが掠《かす》めて飛んでいく。シュルシュルと音を立てながら煙の軌跡《きせき》を引いて飛翔《ひしょう》する筒状の物体が二本、大きく弧《こ》を描いてエスルア号に先端を向けた。

それを見たコウの脳裏に、欠けた記憶から何かのイメージと名称が浮かび上がる。

「あれは……ゆうどうみさいる？」

見る間に迫る筒状の二つの物体。片方は途中で失速し、噴出《ふんしゅつ》していた煙が途切れて落ちていったが、もう一本はエスルア号の後部甲板付近で爆《は》ぜた。船体が衝撃で傾く。

更に船底付近で起きた爆発によって操舵《そうだ》不能になったエスルア号は、船体をコマのように横回転させながら森へと落下していった。

「駄目だっ、魔導機関がやられた！」

「全員何かにつかまれ！　衝撃に備えろ！」

甲板では護衛や見張り役の兵達は手摺《てす》りや窓枠につかまって踏ん張り、船室では使用人達が悲鳴を上げながら椅子の足などにしがみ付く。この混乱状況の中、皆を護らねばと立ち上がり掛けたコウの意識に別の情景が重なった。

――エンジンから煙が出てる――墜落《ついらく》するぞ！　――みなさん落ち着いて、席を立たずにライフジャケットを――

「っ……！」

その瞬間、コウの存在がぶれた。憑依《ひょうい》による支配が解かれて、コウが宿る少年型召喚獣のコントロールが失われる。

形態の維持に特化しているので召喚が解除される事はなかったが、身体から力が抜けた。ぐったりと崩れ落ちたところを使用人のお姉さん方に抱きかかえられる。

「コウ君しっかり！」

「大丈夫だからね！」

しっかり抱きしめて励ましながら床に伏せる使用人達。彼女達からすれば、コウは有名討伐集団《ガウィーク隊》の従者とはいえまだ小さな子供なのだ。やがて森の木々に接触して大きくバランスを崩したエスルア号は、煙を噴《ふ》き上げながら墜落したのだった。

◆　◆　◆

「やった！　撃墜《げきつい》成功だ」

森に潜《ひそ》むナッハトームの強襲機械化部隊で〝魔力探知式・筒型火炎槍《つつがたかえんそう》〟を操る特殊砲兵が歓声を上げる。

今回の戦いに、ナッハトーム側は機械化戦車をはじめ滑走機や携帯砲のような小型火器など多くの新兵器を投入していた。グランダール領に侵入中の部隊は各新兵器の性能実験も兼ねている為、激戦区から離れたこのグリデンタにも展開して、様々な環境下で兵器を運用しているのだ。

グランダールの魔導船は兵や物資を前線まで迅速《じんそく》に運搬できる。陸路を行く馬車など比べ物にならないその輸送力は、ナッハトーム軍にとって常に脅威であった。

今までは空を行く魔導船に対して有効な攻撃手段がなく、折角包囲した拠点《きょてん》にむざむざ援軍や物資を運び込まれて持ち直されていた。それどころか魔導船から直接爆撃を受けたりと一方的にやられてしまう場面が多かったが、これで対抗手段ができた。

元は歩兵用の強力な攻城兵器として、機械化戦車と同時に作られた〝筒型火炎槍〟に一定量の魔力を探知して向かっていく機構が付けられたのが、この〝魔力探知式・筒型火炎槍〟だ。その有用性が実証されたと、ナッハトーム兵は喜び勇みながら魔導船の落ちた場所へ向かう。

「魔導船の撃墜は俺達の部隊が初だよな！」

「多分な。これで領地が増えたらこの土地が褒美《ほうび》で貰えるのは確実だぜ」

「俺、こっちに土地を貰ったら穀物育ててエール酒を作るんだ」

「はっはっはっ、気がはぇーよ」

やいのやいのと浮かれつつも警戒を怠《おこた》る事なく墜落現場にやって来た彼等は、短剣と携帯砲を構えると、へし折れた木の傍で横転《おうてん》している魔導船に近付いていく。救出作業でもしているのだろうか、そこには残骸《ざんがい》の陰でうごめく乗組員らしき姿が見えた。

「止まれ！　我々はナッハトーム軍第十一強襲機械化部隊だ！　貴殿等は既に包囲されて

いる！」

「武装を解除し、所属を明らかにして投降せよ！」

「グランダール魔導船定期便二〇八エスルア号の船長だ。こっちにゃ怪我人しかいない」

魔導船技術の漏洩《ろうえい》防止義務により、こっそり魔導機関の中枢部分に破壊処置を施していた船長がそう答える。

どうにか水平姿勢を保ちながら不時着しようとした魔導船は、一本の大木に激突して操舵室が大破。その際に投げ出された船長はぶつかった木に引っ掛かり、折れた木がゆっくり倒れたので軽い打ち身程度で済んだが、操舵士は圧《お》し潰《つぶ》されて死亡した。

船体に掴まっていた見張り役や護衛の兵も同じく衝撃で投げ出され、相当な高さから落ちた為に助からなかった。

「定期便だと……？」

「輸送船か？　積荷は何だ」

「アリアトルネに送る働き手だよ。なあ、あんたらに治癒術士はいないのか？」

船室にいた使用人達も頭を強く打つなどして二人の死亡が確認され、残った内の半数が骨折や打撲《だぼく》で重軽傷を負っている。治癒を施せばまだ助かる筈《はず》だと怪我人の救助を要請する船長に促され、ナッハトーム兵が残骸の裏側に回り込むと——

「あ、コウ君……気が付いた？」

「あれ？　ここは……」

「よかった、何処も痛い所ない？」

「うん、ボクはだいじょうぶだけど……なんだかさっきまで別のばしょにいた気がする」

そこには、小さな子供や怪我人を介抱する若い使用人達の姿があった。船体の近くには両手を胸に交差して横たわる二人の遺体。こちらも使用人の服を着た女性だ。

「まさか、民間船だったのか⁉」

「いや、魔導船は軍が管理してるから一応軍属ではあるが……まあ、運用内容は民間の乗合馬車みたいなもんだ」

撃墜した魔導船に乗っていたのは殆《ほとん》どが民間人の女子供であった事を知り、強襲部隊の兵士達は若干《じゃっかん》テンションを下げている。

とりあえず捕虜として連行する事にした彼等は、運搬用の車両を呼び寄せる。やがて独特の機械音を響かせながら、足場の悪い森の中を切り開くように進む戦車が現れた。

バラッセの街での戦闘に投入された拠点制圧用の重装甲型と違い、こちらは機動性を重視した強襲機械化部隊仕様の軽量戦車である。

魔導船の残骸が調べられている間、船長と使用人達、それにコウの八人は捕虜として二台の戦車に分乗させられた。転落死した護衛や見張り役の兵、使用人の遺体は、その場で魔導船の残骸と共に火葬される。

船長は遺品として乗組員の兵士から形見《かたみ》の品となる物を預かり、使用人達も同僚の家族や知り合いと再会できた折に返せるよう、死者が身に着けていたモノをそれぞれ預かった。


「コウ君、大丈夫？　顔色が悪いみたい」

「だいじょうぶ、なんともないよ」

言葉少なに答えるコウは、戦車の後部扉から魔導船の残骸を見つめていた。死亡した使用人の二人は、魔導船に乗る際、最初に声を掛けてくれた人達だ。

どうして助けられなかったんだろう？　と自問自答するコウは、先程の現象を思い出す。

船が墜落し始めた時、コウは複合体を出して皆を護ろうと考えたのだが、突然意識を突き破るように浮かんだ情景によって自身の存在がぶれるのを感じた。まるで自分が消滅するかの如《ごと》く霞《かす》んでいく感覚。遠くなる音と景色。

気が付くと、横倒しになった船室で今声を掛けてくれているお姉さんの腕の中にいた。そして、先程目覚めた時から何処かに意識を引っ張られているような感覚が消えないでいる。顔色が優れないように見えるのはその為であった。

「私達、どうなるのかしら……」

後部扉が閉じられた薄暗い戦車の中で、使用人の誰かが呟いた。

◆　◆　◆

グランダール西域の街、グリデンタに近い森上空で魔導船エスルア号が消息を絶ったのと同じ頃、ナッハトームの宮殿内には、寝着姿のまま廊下を駆け抜ける皇女スィルアッカの姿があった。

薄い寝着姿で夜の廊下を駆ける皇女様に驚いたりうろたえたりする巡回中の兵達を尻目に、離宮の奥部屋へ飛び込んだスィルアッカは、世話係の侍女に事情を訊《たず》ねる。

「〝彼〟の意識が戻ったと？」

「いえ、それが……」

今まで何の反応も示さず眠り続けていた〝彼〟が、突然もがくように呻《うめ》きながら腕を持ち上げる動作を見せたのだという。すぐにそれは治まり、今はまた静かに眠っている。

「まるで、うなされているようでした」

「ふむ……精神や意識のない状態でも、悪夢を見たりするのだろうか」

それから暫《しばら》くして側近の侍女がやって来たので、スィルアッカは報告に耳を傾ける。側近によれば、監視させている祈祷士にこれといった怪しい動きは見られなかったという。

「何が原因かは分からないが、〝彼〟が目覚める予兆かもしれんな」

また何か反応があればすぐに知らせるようにと、引き続き〝彼〟の世話と観察を申し付けたスィルアッカは、離宮の奥部屋を後にした。


「スィル将軍！　って——し、失礼しましたっ！」

離宮を出て宮殿の自室へ戻る途中、軍施設区画に向かう廊下を走っていた若い将校がスィルアッカに気付いて声を掛けて来た、が、身体のラインが艶《なまめ》かしく透《す》けて見える薄い寝着姿に目を見張ると、顔を真っ赤にしながら慌てて背を向けた。

「構わん、何があった？」

「は、はっ、実は——」

国境の砦を攻めていた部隊からの急報によると、グランダールが雇った傭兵集団の急襲《きゅうしゅう》を受けて包囲網が一部崩れているとの事で、大至急の応援要請が来ているそうだ。

「アリアトルネの攻略も予定が遅れているな……」

「周辺の街も防備を固めて来ましたから、強襲部隊の遊撃作戦は効果が落ちてきています」

「やはり拠点を確保しなければ限界があるか」

スィルアッカには、今回の戦いで南東部への入り口である国境地帯の砦だけは押さえておきたいという思惑がある。

砦はあの一帯に設《もう》けられた強固な門であり、その開閉によって軍隊に限らず一般の商人達が扱う穀物や日用品など流通全般に影響を与える事ができる。土地柄上、食糧事情が厳しいナッハトームとしては往来を司《つかさど》る門の主導権は握っておきたい。

グランダール領の街を攻略するのも、軍民含めてできるだけ多くの捕虜を得て、捕虜交換や、身代金をせしめて機械化兵器開発に費《つい》やした膨大《ぼうだい》な資金の回収を図るのが主な目的である。

——膨大な研究開発費、つまりは支分国からの借金も返さなくてはならないのだ。

「せっかく稼《かせ》いだ緒戦の勢いをここで削《そ》がれたくはないな、私が出るか」

「っ！　将軍自ら砦の攻略に？」

砦の攻略に時間を掛ければ、必ずレオゼオス王からの巻き返しが来る。その前に一気に攻め落とさなければならない。今が攻め時と見たスィルアッカは、そのまま総司令部へ足を向けた。

アリアトルネの街から『魔導船の定期便が到着予定日になっても現れない』と報《しら》せを受けたグランダール軍は、冒険者協会の協力を得て航路で捜索していた。そこへグリデンタの街より『行方不明になった魔導船エスルア号の乗組員と思われる男性を保護した』との報せが届けられた。

見張り役だった彼はエスルア号が撃墜される直前に船から落ちたのだが、幸いにも木の枝に引っ掛かって一命を取り留めていた。

そしてこれも不幸中の幸いか、戦車を引き連れたナッハトーム軍の強襲部隊が十数日間も付近の森の中で活動していた為に、獣や魔物の類がこの辺りから居なくなっていた。その為、森の中を単身さまよったにもかかわらず、彼は魔物や獣に襲われる事なく生還《せいかん》できたのだ。

どうにかグリデンタの街に辿り着いた彼からエスルア号の事が知らされたのは、墜落から三日目。王都にその一報が入ったのは四日目の事であった。

これまでにも魔導器の故障や悪天候による事故などで魔導船が墜落した事はあったものの、敵対者からの攻撃を受けて撃墜された例はなく、エスルア号はグランダール軍に所属する魔導船で初の被害船となった。

軍仕様の船ではなかったとはいえ、魔導船が撃墜された事実は今まで各地域で制空権をほしいままにしてきた優位性が揺らいだ事を示しており、王都では急遽《きゅうきょ》対策を練《ね》る為の会議が開かれた。

「今回の戦い、少々厳しくなるかもしれんな」

レオゼオス王は城の最上階にあるテラスから西の砦方面の空を見詰めると、独《ひと》りそう呟いた。

2

ナッハトーム帝国領に向かう第十一強襲機械化部隊は、グリデンタ近郊の森を抜けて湾沿いに北上し、これからナッハトーム側へ抜ける国境地帯に差し掛かろうとしていた。砦の近くを横切るので、攻略中の部隊が展開している様子を眺める事ができる。

「前方に友軍！」

「第三機械化歩兵部隊ですね」

「アリアトルネ方面に向かってた連中だな」

「確か〝滑走機〟を導入してた部隊だっけか？」

並走する二台の戦車の上から味方部隊の武装馬車に合図を送り、互いの距離を詰めていく。戦車内に押し込められているエスルア号の船長や使用人達は外の様子が分からないので、兵達の話し声から周囲の状況を窺《うかが》っていた。

「よう！　そっちも砦に向かうのか？」

「俺らは捕虜の輸送だよ、あんたらは砦の攻略に加わるのか？」

「ん？　ああ、グリデンタ方面の部隊にはまだ連絡が行ってないんだな。今こっちに来てる部隊には召集が掛かってるんだぜ」

ナッハトーム軍の最高司令官、スィルアッカ皇女殿下が自ら砦の攻略に出向くとあって、グランダール領に侵攻中だった他の部隊もその指揮下に入るべく、引き揚《あ》げて来ているのだという。

「スィル将軍がご出陣するのか⁉　そりゃ凄い」

戦車の上にまたがる兵士と武装馬車に乗り込んでいる兵士達がそんな会話を交わしている間に、第十一強襲機械化部隊にも同様の指令の通達が、〝対《つい》の遠声《とおごえ》〟の劣化模造品《れっかもぞうひん》から伝えられた。

砦を奪取《だっしゅ》して拠点にできれば捕虜を置いていけるため、輸送する数は半分で済むようになる。見張りに兵力を割かれるのも問題なので、軍属の敵兵はそのまま本国へ輸送。脅威にならない一般民の捕虜は砦攻略の間、陣後方で待機させる。

――ちなみにこの〝対の遠声〟の模造品、声を届けられる範囲は正規品の半分ほどしかなく、音も小さくて聞き取り難いので互いに大声になってしまう。この事から、兵達の間では〝対の大声〟などと揶揄《やゆ》されている。

おかげで戦車内にいる捕虜のコウ達にも、通信内容が丸分かりであった。

「私達、砦の所で降ろされるみたいね」

「今後の待遇が気になるわ……この部隊の人達は紳士的だったけど、人って群《む》れると豹変《ひょうへん》する事もあるから」

ナッハトームの兵達が話題にするスィル将軍という人物の人柄によっては、色々覚悟しなければならないだろうと使用人達は囁《ささや》き合う。そんな中、コウは何処かへ引っ張られる感覚に少しずつ馴染《なじ》んできており、意識が流れようとする方向に集中してその原因を探っていた。

『うーん、方角は北西かぁ』

憑依して身体を得ている間はこの場に留まっていられるようだが、憑依を解いたら一気に引き寄せられてしまいそうだ。何処へ引かれて行くのか興味はあるものの、自分の存在が消えてしまいそうな感覚には不安を覚える。

国境に近付くにつれて、ナッハトームの侵攻部隊がぞくぞくと集まってくる。やがて第十一強襲機械化部隊は西の砦前に置かれたナッハトーム軍の陣地に入ると、そこで車両を停車させた。

スィル将軍が率いる精鋭団が来ているらしく、軍旗の翻《ひるがえ》る陣の中央に張られたひと際大きなテントが目立っている。

陣地後方に捕虜を一時収容する場所が設けられ、捕虜の一般民や非戦闘員を集めると、ここでの生活について注意事項などの説明がなされた。

食事と身の安全は保証されるが、雑用など一定の労働を課せられるという。集められた捕虜達を観察するコウは、自分達と同じく比較的健康そうな一団とは別に、痛々しい痣《あざ》を顔に残す、見るからに憔悴《しょうすい》している様子の人達を何人か見掛けた。

彼等がナッハトーム兵に向ける眼差しは、ぎらつくような恨みの籠《こ》もったものから達観《たっかん》めいたものまで様々だ。やがて見張りの兵を残して仮収容所の柵《さく》が閉じられると、捕虜達はそれぞれのグループで固まってテントに向かったり、他のグループと交流を図ったりし始める。

エスルア号の船長は積極的によそのグループに話しかけて、情報収集を始めたようだ。

コウも冒険者の心得とばかりにそれに倣《なら》おうとしたが――

「もう～、コウ君はちょっと目を離すとすぐどっか行っちゃうんだから」

「移動中も殆ど寝てなかったみたいだし、まだ調子も悪そうだし……」

「テントの中なら落ち着いてゆっくり眠れると思うわ」

――使用人のお姉さん方から『子供は休まなくちゃダメ』と、テントに連行されていく。

「ひとりで歩けるよー」

「だーめっ」

『むぎゅ』と、逃げられないようがっちり抱っこされて運ばれるコウなのであった。

◆◆◆

夜、皆が寝静まった頃。狸寝入《たぬきね》りの修業を終えたコウはお姉さん方の隙間から抜け出し、テントの外に出た。砦のある方角に沢山の篝火《かがりび》が焚《た》かれているので、街の近くにいるように明るい。

その炎によって橙色《だいだい》に照らし出された大型投擲器の影が地面に長く延びて揺れ、天辺《てっぺん》で作業をしている人影を映し出す。昼間の攻防で砦から反撃を受けて、何処か壊れたらしい。

「今度は第二部隊が急襲を受けたんだってな」

「ああ、またヴァロウ隊だよ」

てくてくと柵の近くを歩いていたコウは、兵士達の話し声が聞こえたので耳を欹《そばだ》てた。

「あいつらか……やっぱ影術士《かげじゅつし》の仕業か？」

「らしいな、いっそエイオアから呪術士を呼んで簡易結界を張らせようかって話も出てる」

「エイオアは協力しないだろう」

「いや、また暗部同盟を使うつもりなんじゃないかな」

我が国《ウチ》は魔術関連には弱いからなぁと、兵士達はボヤキのような雑談を交わす。砦の包囲網が完成しようとする度に、ヴァロウ隊の急襲を受けて布陣《ふじん》の一角が崩されてしまうので、中々総攻撃の足並みが揃わないでいるのだ。

どうやら以前武闘会でコウと戦ったヴァロウ隊の影術士、リトアネーゼが頑張っているらしい。

複合体に乗り換《か》えて砦の防衛やヴァロウ隊の援護に行きたいコウだったが、召喚を解いて精神体になると何処かに引っ張っていかれそうなので少年型を解除できないでいた。それに、捕虜仲間である使用人のお姉さん達の事もある。

やたらとコウを構いたがる彼女達の思考を読んで理解した事が一つあった。

ある意味極限状況でもある、捕虜生活という今の環境下。保護者のように小さな子供を護るという責任感が彼女達の不安を軽減し、それによって心のバランスを保っている事が窺えた。コウを心配して構うのは、彼女達自身が抱える不安の裏返しでもあるのだ。

（敵を倒す事だけが戦いではないって、エルメールさんも言ってたよね）

テントに戻って来たコウが寝床に潜り込もうとすると、コウを挟んでいたお姉さんがむっくり半身を起こして寝ぼけ眼《まなこ》で問い掛けた。

「コウ君……何処行ってたの？」

「ちょっとおしっこ」

「そう……ああ、かぶれたら大変だわ、拭いてあげようか？」

「だいじょうぶだよー」

彼女達の心の平穏を護る為、コウは今しばらく、癒し系マスコットのポジションに身を置く事にしたのだった。

◆　◆　◆

コウ達がこの陣地に運ばれて二日目。スィル将軍の参戦で兵達の士気が上がっているナッハトーム軍は戦車や大型投擲器、機械化歩兵の筒型火炎槍や携帯砲、携帯炸裂弾といった新型兵器を大量に投入して、砦を一気に落とさんと苛烈《かれつ》に攻めている。

しかし、砦を護るユタ司令官もよく踏ん張っており、ヴァロウ隊を中心にした傭兵部隊での夜襲と砦防壁の突貫修復でナッハトームの猛攻《もうこう》を凌《しの》いでいた。

崩しても崩しても翌日には修復される無限防壁に、崩しても崩しても翌日には再編成される無限包囲網の攻防が続く。そんな折、近くレイオス王子が軍を率いて戦場入りすると いう噂が両軍に流れた。

「レイオス第一王子は〝金色《こんじき》の剣竜隊《けんりゅうたい》〟という冒険者グループを率いる武闘派王子ですね」

「ふむ……レオゼオス王の将器を受け継ぐやもしれぬ相手か」

側近とそんな会話を交わしたスィルアッカは、『攻略を急がねばならんな』と呟くと、思いの外堅牢《ほかけんろう》でてこずっている砦を睨む。

本国から連れてきた自分の精鋭団は砦攻略を始めて四日ほどしか経っていないので、士気もまだ十分に高く戦闘意欲を保っている。だが、開戦当初から砦の攻略に当たっていた部隊にはそろそろ疲弊《ひへい》が目立ち始めている。

「最悪、砦を落とせず撤退《てったい》する事になっても、既に目的は果たしています」

「まあ、確かにな」

戦場においても侍女のスタイルを崩さない側近に、苦笑で応えるスィルアッカ。ここを押さえておきたいのは確かだが、それはもっと先を見越《みこ》しての思惑であり、今やらねばならない事ではない。

今回の戦いの本当の目的は、今現在グランダールと互角に戦っている時点で達成している。

「しかしまあ、折角ここまで来たのだ。なるべく良い形で終わらせたいじゃないか？」

「砦の兵を捕虜にできれば、借金も一気に返せそうですしね」

スィルアッカの肩の力を抜いた話し方に応じ、側近の侍女は硬い雰囲気を崩してクスリと笑う。そして、エパティタに派遣した遠征艦隊も、捕虜の数が勝っている今の内にとっとと引き揚げさせるのがよろしいでしょうと進言した。

「そうだな。明日もう一当て総攻撃を仕掛けて、それで駄目なら帝都《うち》に帰ろう」

「では、そのように」

◆　◆　◆

十四回目の攻防がひと段落した夕刻頃。火炎樽が底をついて後方に下げられる投擲器や故障した戦車の牽引《けんいん》、燃料となる触媒《しょくばい》鉱石の補給など、ナッハトーム軍の砦攻略部隊陣営では明日の総攻撃に備えて最後の調整が行われていた。

当初の作戦ではこの砦攻めと同時にアリアトルネやその周辺の街にも攻撃を仕掛け、早い段階で砦かアリアトルネを占領《せんりょう》し、そこを拠点に国境線を押し上げ、兵力を逐次《ちくじ》投入する事でこの区域一帯を完全に掌握《しょうあく》、帝国領に組み込む予定だった。

だが砦の堅牢さは予想以上で、緒戦の一撃にて半壊《はんかい》させたにもかかわらず機能を失わなかったばかりか、開戦二日目で砦上空に現れたグランダール軍の魔導船より支援を受けて、一夜で防壁を修繕《しゅうぜん》してみせるという魔導建築技術の高さを見せつけた。

砦の機能が失われていなかった事でアリアトルネを制圧するはずの部隊の兵力は分断を余儀《よぎ》なくされてしまい、勢いを削がれてもたついている隙に街の防備を固められた結果、現在の膠着《こうちゃく》状態を招いていた。

「明日の総攻撃で落とせなかったら撤退らしいな」

「あ〜あ、後から来た連中は勝手だよ」

「アイツ等はいいよな、どうせ今夜もあの皇女様と――」

「おい、スィル将軍の悪口はマズいぞ」

侵攻第一陣の先行組に所属する兵士が数人、陣地の喧騒《けんそう》を離れて愚痴《ぐち》など交えながら自主哨戒任務をこなしていた。ぶっちゃけサボっているのだが、砦攻めで野営を始めて十日近く戦場に身を置く彼等は色々と鬱積《うっせき》しており、言動にもそれが表れている。

そんな彼等の歩く先に、捕虜の仮収容所を囲む柵が見えてきた。大分端《はし》っこまで来てしまったなと来た道を戻ろうとして、ふと視界に入った光景。テントから出て来た数人の使用人らしき若い女性達が、タオルと桶を持って僅かに傾斜《けいしゃ》した丘を下っていく。

洗濯物を抱えていないので水浴びに行くのかもしれない。あの先には小さな川が流れているのだ。

「……見張りは下《した》っ端《ぱ》が一人だけか」

「ああ……ちょっと説得すりゃ済みそうだな」

怪しい眼つきで目配せし合った何人かが頷き、捕虜達の後を追うように丘の麓《ふもと》へ足を向ける。その場の空気から仲間の考えを察した一人が怪訝《けげん》な表情になり、軽率な行動をとらないよう諫《いさ》めた。

「おいおい何考えてんだ、やめとけって」

「んじゃあ、お前は真面目に働いてろよ」

「こちとら前線基地を出てから十日以上も、敵地で禁欲生活させられてんだぜ」

「将軍直属の精鋭団じゃあるめぇし、品行方正な模範的兵士なんてやってられっかって」

疲弊した精神を抱えつつ享楽《きょうらく》に飢《う》えた彼等にとって、血の臭いも機械油臭もしない堅気《かたぎ》の若い女性が複数人で水浴びをしている姿など、想像するだけで理性を砕くに十分だ。

「俺は行かねーからなっ、後でどうなっても知らんぞ」

「土産話《みやげばなし》は聞かせてやるよ」

「上にチクんじゃねーぞー」

止めようとした一人を残し、彼等は麓の小川を目指して丘を下っていった。


夕暮れ前のひととき。西日の色に染まる丘の斜面を下りてきた使用人達は、岩場の陰で水浴びの準備を始めていた。少し離れた場所では、若い見張り役の兵士が黒髪の少年と向かい合っている。

「ふ～ん、じゃあナッハトームってたくさんの国が集まって出来てるんだね」

「まあね。時代によって帝都の場所も変わるんだけど、今はエッリアが宗主国をやってるよ」

所々に転がる大きな巨石の一つに背を預けて、若い兵士は使用人達が面倒を見ているらしい少年の話し相手になっている。時折ちらちらと川の岩場に視線を向けては戻し、逡巡《しゅんじゅん》してはまた視線を向けるを繰り返す。あまり会話には集中していないようだ。

そんな二人に、近付いてきた数人の一般兵が声を掛けた。

「ようっ、若いの」

「任務ご苦労！」

「え？　あ、はい」

何処か厳《いか》つい雰囲気を醸《かも》し出している彼等の一人が、見張り役の若い兵士の肩に腕を乗せながら辺りを見渡し、岩場に並ぶ使用人服の入れられた桶を見つけると、顎で仲間に合図を送った。すると徐《おもむろ》に兵士達は小川沿いの岩場へ歩き出す。

「あ、ちょっとっ、今そっちには――」

「まーまーいいから、おめぇはそっちで子守《こもり》を頑張っててくれよ、な？」

水浴び中の女性捕虜達がいるので立ち入らないように、と訴える若い兵士の首に、腕を回して肩を組んだ厳つい兵士は、そう言って引き寄せた黒髪の少年を押し付けると、二人を巨石の裏へ追いやろうとする。

「ほ、捕虜への虐待《ぎゃくたい》は軍規違反です！」

「虐待？　んな事するわきゃねぇだろう～？　捕虜は大事な金蔓《かねづる》だぞ？」

後日、身代金と引き換えに返すんだからなと宥《なだ》めるように言い聞かせる厳つい兵士。黙認しろと迫る言外の圧力が、その眼差しからも読み取れる。若い兵士は熟練兵士に向けられた眼光に気圧《けお》されて、反論の言葉を呑《の》み込んでしまった。

やがて岩場の方から女性の悲鳴が聞こえてくると、厳つい兵士は自分も待ちきれないとばかりに組んでいた肩を放して、駆け足気味に歩き出す。そうして数歩先から半身で振り返り、『黙ってろよ？』と若い兵士を指差して釘を刺した彼は、突然上を向いて仰向《あおむ》けに倒れた。

よそ見して転んだ？　と一瞬目を丸くした若い兵士は、自分のすぐ傍で手を正面に翳《かざ》している少年から、魔術行使の痕跡《こんせき》が見られた事に戸惑《とまど》いの表情を浮かべる。

「お前……」

少年型召喚獣は戦闘型ではないので、直接戦う力は持っていない。コウの異次元倉庫に仕舞ってある武器類の中には一般人にも扱えそうな武器はあるものの、相手は本職の兵士である。奉仕用の身体で挑んでも太刀打《たちう》ちできない事は考えるまでもない。

それならばと、コウは非力な身体でも扱える攻撃魔術を使って、厳つい兵士の顎に風の塊《かたまり》をぶつけたのだ。まだまだガウィーク隊のレフィーティア達が行使していたような強力な術には至らないが、魔力を視認《しにん》できる特性により極めて精巧な術の構築を行えるので、十分な効果を得られる。

「ボク、みんなを護らないといけないから、いくね」

「えっ、お、おい！」

戸惑う若い兵士が止める間もなく、駆け出したコウは小川沿いの岩場に向けて風の塊を放ち、同時に光源を作り出して空へ打ち上げた。多くの兵士が活動している陣地内、ここで問題が起きているぞという意味を込めたこの照明弾を見れば、誰かが異常に気付くだろう。

「ん？」

「どうかなさいましたか？」

コウの打ち上げた照明弾は、早速その効果を発揮していた。

3

川縁《かわべり》で二人の兵士に組み敷かれた使用人の女性は、いずれこういう事も起きるであろうと覚悟していたおかげか、比較的落ち着いた精神状態を保っていた。

すぐ傍で同じように襲われている仲間の姿を確認しながら、とりあえず川底の小石が当たって背中が痛いので姿勢を変えたり、しかしその動きを抵抗と見た兵士に押さえ付けられたりしつつ、怪我だけはしないよう身体の力を抜く。

大人しくしていれば殺される事はないだろう。ただ一つ気掛かりなのは、小川まで一緒に下りて来ていたコウの事だった。見張りの若い兵士は頼りなさそうだったし、コウを連れてこの場から離れてくれていれば良いが、よもやこの兵士達に混じっていたりしないだろうかと考えると情操的《じょうそうてき》な問題で心配になる。

そんな思いを巡らせる彼女の足を抱えていた兵士が、突然仰向けに転んで派手な水飛沫《みずしぶき》を上げた。

「なっ、こいつ——」

頭上から響く、兵士の驚いたような声。視界の端を何かが横切り、彼女の両腕を押さえつけていたその兵士が黒髪の少年に殴り飛ばされた。少年は続けて先に転んでいた兵士が起き上がろうとしているところに飛び掛かり、水蒸気のような膜《まく》を纏った腕で殴りつける。

「こ、コウ君！」

「だいじょうぶ？」

コウは先ほど放った攻撃魔術が距離によって威力が下がっていく様子を視認していたので、自分の放つ攻撃魔術では余程近付かないと効果が得られないと分かっていた。遠距離では牽制《けんせい》にしか使えない。従って、相手を制するには接近戦で直接ぶつける必要がある。

本来なら武具に纏わせる強化魔術を直接腕に纏わせたコウは、若い女性の身体に夢中になっている兵士達の隙を突いて近付き、殴りつけたのだ。

ちなみに、攻撃性のある風の膜などの強化魔術を生身に纏うと、通常なら反動で皮膚がボロボロになってしまう。

「な、なんだこのガキ！」

「気を付けろっ、魔術を使うぞ！」

コウが両腕に纏った風の膜が、小川の水を巻き込んで飛沫を散らす。最初の不意打ちと今しがたの奇襲で三人まで気絶させて無力化する事に成功していた。突然の乱入者に女遊びどころではなくなり、残りの兵士達は思わず臨戦態勢を取る。

ただの子供だと思っていた捕虜から思わぬ反撃を受けた驚きに加え、せっかくのお楽しみを邪魔された事への憤《いきどお》りで、鬱積していた不満の矛先《ほこさき》がコウに向く。この時点で、コウの目的は一応達成されていた。

「こいつぁただのガキじゃねぇな」

「ああ、術士なら能力さえありゃあ成人前だって軍に入隊できるし……密偵《みってい》か」

コウを敵性の脅威と判断した兵士達は得物《えもの》を抜いた。規定装備の剣などは小川の縁に放り出されているので、護身用の短剣だ。息を呑む使用人達。だがコウは怯《ひる》まない。

その落ち着きと、相手の出方を見るような戦い慣れを感じさせる佇《たたず》まいに、やはり見掛け通りの子供ではなく捕虜に紛《まぎ》れ込んでいた軍関係者ではないかと、兵士達は睨む。或いはグランダールが雇った暗部同盟かもしれない、と。

――勿論、これらは捕虜の子供を斬って咎《とが》められた時に理由として挙げる、ほとんどこじつけのようなものだ。

「敵兵なら排除しねぇとな……」

短剣を向けてじりっと間合いを詰めて来る兵士達に対し、コウは使用人のお姉さん方を背中に護りつつ風の膜を纏った拳を構える。

緊迫《きんぱく》する場の空気に呑まれていた使用人の一人がハッと我に返り、コウに逃げるよう促した。

「コウ君ダメよっ、殺されちゃうわ！」

「だいじょうぶ、こんどはちゃんと護るから」

コウはそう言うと今の内に服を着て丘の上に戻るよう指示を出しつつ、体勢を低くとって兵士の一人に狙いを定めた。

複合体で戦う時は自分より小さい相手が殆どだが、バラッセのダンジョンに居た頃などは宿主の数倍はある相手と対峙《たいじ》する事も少なくなかったのだ。小さい身体には小さいなりの利点がある事も知っている。

短剣を構えて迫る四人の兵士に対し、コウは完全に取り囲まれる前に打って出た。後ろから制止の声が聞こえるが、今は応じている余裕はない。

風の魔術を纏って自ら仕掛けて来た少年《コウ》を迎え撃つ兵士は、短剣の間合いに入り次第ひと突きにしてやろうかと正面で待ち構える。そして直前で左右のどちらに身をかわして来ても対応できるよう、中腰で膝の力を抜いて立つ。

だが、少年《コウ》はフェイントを使う事なく真っすぐ突っ込んで来た。やはり所詮《しょせん》は子供かと兵士は内心で笑いつつ、強化魔術を纏った拳を突き出して来るならまずその腕を潰してやろうとタイミングを計る。

が、彼はここで自分が無意識に前傾姿勢となっている事に気付いていなかった。ただでさえ小さい少年が更に体勢を低くして突っ込んで来るのだから、対峙する相手はどうしても前屈《まえかが》みにならざるを得ない。

コウの狙いは身長差による体勢崩しだ。武闘会で〝金色の剣竜隊〟と戦った時、闘士との接近戦で懐《ふところ》に入り込まれた際の戦い難《にく》さはしっかり記憶に刻《きざ》み込まれており、今回はそれを戦術の参考にした。

コウは振り被った左腕で殴り掛かるように見せつつ、相手の動きに合わせて小川の水面を殴りつけた。爆ぜるような勢いで噴き上がった水飛沫が兵士の顔面を直撃し、一瞬怯ませて棒立ちにさせる。

「ぶわっ、なん――っ」

「そこだー！」

そこへ身体ごとぶつかって行くように右のストレートを叩き込む。

身長差によって下腹部にめり込んだ、想像以上に威力のある重いパンチに兵士は息を吐き、思わずガクリと膝を突く。さらに目の前には左腕を振り被った黒髪の少年。

『あっ』と思った時にはもう遅かった。

「ていっ！」

「――ぶばっ」

強化魔術左フックをまともに喰《く》らって横倒しになり、兵士は派手に水飛沫を上げた。

次の目標を定める為に、コウは振り返って一番近い相手を探す。

「コウ君っ、危ない！」

「っ！」

使用人のお姉さんから悲鳴にも似た叫び声が上がる。その声で残りの兵士に接近されている事を悟ったコウが振り向こうとしたその時、左肩に衝撃が走った。数瞬《すうしゅん》遅れてバシャンッと、細長い物体が水面を叩く。

「あれ？」

急にバランスが崩れ、よろめいた身体を鉄板で補強されているブーツの爪先が蹴り飛ばす。更にその足が勢いよく水面に突っ込んだコウの頭を踏みつけると、喉元《のどもと》目掛けて剣先が突き降ろされた。

「この糞《くそ》ガキが！　思い知ったか！」

「あ～あ、やっちまった」

浅瀬に顔を半分浸《つ》けながらコウが軽くなった左腕を見ると、肩口のところからばっさりなくなっている。そのまま視線を上に向けると、剣を持った兵士が興奮状態の血走った目で見下ろしていた。どうやら一人目を殴り倒している間に剣を拾った兵士に斬られたらしい。

左腕の切断と首に致命的《ちめいてき》な刺傷を受けてダメージが許容量《きょようりょう》を超えたらしく、身体が動かせない。通常の召喚獣であればその時点で召喚が強制解除されているところだが、この少年型はアンダギー博士がコウの為に改良調整した特別製である。形態維持を持続させつつ、自己修復状態に入っているようだ。

必要な魔力はコウ自身から供給されるので、暫く待てば動けるようになる。とはいえ、今この場に少年コウの身体が実は召喚獣であるという事を知る者はいない。

傍目《はため》に示された現実は、捕虜の使用人女性達を護ろうとした一人の少年が、狼藉《ろうぜき》を働こうとした兵士によって無残に殺されたという事実のみ。

「コウ君！　そんな……っ」

自分達で護るべき少年が、自分達を護ろうとして殺された事にショックを受け、使用人のお姉さん方は逃げる事も忘れて呆然《ぼうぜん》と座り込む。

その時――

「なんの騒ぎだ、そこで何をしている」

凛とした気配を感じさせる女性の声が、丘の上から響いた。聞き覚えのある声に兵士達が見上げると、そこには夕日を反射して緋色に輝く重甲冑に身を包み、赤み掛かった金髪を靡《なび》かせるナッハトーム軍最高司令官、スィル将軍の姿があった。傍には宮殿の侍女達が着用するドレスを纏った側近も従えている。

川縁にほぼ全裸で座り込んでいる捕虜の女性達や、武装を崩した兵士達を見渡しながら丘を下りてきたスィルアッカは、すぐ近くにいた若い兵士に何があったのかを問い質《ただ》す。

緊張のあまり甲冑をカタカタ鳴らしている若い兵士は、川原の兵士達から向けられる『黙っていろ』という意味の目配せに気付く余裕などなく、ありのままを掻《か》い摘《つま》んで話した。

コウに殴り倒されていた兵士も気絶から回復して目を覚ますが、スィル将軍の姿を見つけて再び卒倒しそうになっている。

「そうか、そこまで女に飢えていたのか……では私が相手をしてやろう」

そう言って小川に足を踏み入れたスィルアッカは戸惑う兵士の一人に近付くと、腰に下げた愛剣を徐に一閃《いっせん》。さらさらと流れる水音に風を切る音と肉を叩く音が混じり、数瞬遅れてその兵士の首が落ちた。

鮮血を噴き出しながら傾く身体を倒れるままに捨て置き、更に前へと踏み出したスィルアッカは、呆然と立つ兵士達を促す。

「遠慮するな、子供より手応えはあるぞ？」

口調は穏やかなれど一切の躊躇《ちゅうちょ》もなく相手を屠《ほふ》るスィル将軍の眼に、狂気染みた嫌悪と憤怒《ふんぬ》の気配を感じ取り、コウを斬った兵士は最早《もはや》弁解は不可能であると悟った。

そしてふいに思い出す。

スィル将軍――スィルアッカ皇女殿下に纏わる噂話の中でも特に下世話《げせわ》なもので、殿下の身辺を固める部下に男の側近や護衛が殆ど居ない理由。実は男嫌いであるとか、同性愛嗜好《しこう》らしいなどの噂に混じって実《まこと》しやかに囁かれている裏話だ。

その昔、宮殿を抜け出してお忍びで街に下りた皇女様は、街の暴漢《ぼうかん》に襲われて乱暴された事があるらしいなどというヤバイ噂。そんな経験を持つが故に、普段は男を遠ざけ、性暴力の罪人に対しては容赦《ようしゃ》がないのだとか。

「お、おおおお許し――ぎゃあああ」

「ああ……その身体ではもう戦えないな、休暇をやろう」

軽い現実逃避《とうひ》をしている間にまた一人斬られた。入念《にゅうねん》に止《とど》めまで刺したスィル将軍がこちらを見る。次は自分の番だ。

今すぐ逃げるという選択が頭を過《よぎ》るが、ここは国境を越えた先にあるグランダール領なのだ。開戦から数日、散々この周辺で暴れたナッハトーム兵が逃げ込める場所など何処にもない。

グランダール領でもここよりずっと遠い場所にある街やエイオアまで行けば、身分を偽《いつわ》って旅人なり冒険者なりを装えるだろうが、準備もなく単身で長旅に挑むなど無理がある。どうすれば生き延びられるか――

（こ、こうなったら……剣の腕を示して興味を持って貰うしかない！）

才覚ある者には平民出身の一兵卒でも将校に取り立ててくれるという、実力主義で知られるスィル将軍だ。己が実力を見せつけ、屠るには惜しい奴だと思わせられれば、後は全力で詫《わ》びを入れる事でどうにか恩情《おんじょう》に縋《すが》れるかもしれない。

「挑ませて頂きます！」

作戦と覚悟を決めて剣を握り直した兵士《かれ》は『うおおー』と雄叫《おたけ》びを上げながらスィルアッカに斬りかかった。

「うむ、勇敢《ゆうかん》だな。ナッハトームの戦士はそうでなくてはいかん」

川縁で待機している側近の侍女が僅かに身じろいだが、これは主に迫る危険に対しての条件反射のようなモノでしかない。スィルアッカの実力を熟知する彼女は、見掛け通りの落ち着き払った内心で、主を宥めるタイミングを見計らっていた。

「だが残念だ、私の部下に下衆《げす》はいらぬ」

スィルアッカは僅かに横へ移動しながら一閃。

突進していた兵士はぶん投げられたように回る視界の中、スィル将軍の背中と自分の身体を見下ろし、一撃で首を刎《は》ねられては詫びを入れる事もできないじゃないかと作戦の不備に気付いたところで、暗い水底へ落ちていった。

「スィル様、そのくらいで十分ではないかと。彼等も反省している事でしょう」

ここで側近の侍女が割って入った。スィル将軍の怒りを買ってしまった事に、もう命はないと顔面蒼白《そうはく》で立ち尽くしていた残りの兵士達は、僅かな希望に縋るが如《ごと》く、いつもスィル将軍の傍で控えている侍女に視線を向ける。

狼藉を働いた兵士達は、先行組の一部隊に所属している。既に三人ほど斬り捨てられたが、今ならまだぎりぎり再編成せずとも攻略部隊としての運用が可能な人数を維持できる。

他の部隊に対する引き締め効果も狙えるだろう。

「……そうだな。まだ明日、もう一戦残っているのだしな」

スィルアッカの瞳から憤怒の色が消え、彼女は剣を納める。張り詰めていた空気が緩んだのも束《つか》の間、へなへなと身体の力を抜き掛けた兵士達に鋭い視線を向けてひと息つく事も許さないスィル将軍は、所属部隊まで駆け足で戻れと号令を発した。

慌ててバタバタと丘を駆け登っていく兵士達の姿に鼻を鳴らすと、彼女は未だ川縁で座り込んでいる捕虜達へ向き直る。

「すまなかったな、怖い思いをさせたようだ」

「え、あ……はい」

つい今しがた、屈強《くっきょう》そうな兵士達を次々と屠ってみせた女将軍に優しく声を掛けられた使用人達は、恐々《きょうきょう》としながら頭を下げた。

どうやらナッハトーム軍のスィル将軍は悪い人ではないらしいと知って安堵《あんど》するが、同時に去来《きょらい》するある想い。何故あともう少し早く来てくれなかったのか。勝手と知りつつ、一人の少年を失った事実が彼女達の心に重く圧《の》し掛《か》かる。

「その勇敢な子供には可哀そうな事をした」

使用人達の心中を察してか、スィルアッカは彼女達を護ろうとして死んだ少年を手厚く葬《ほうむ》ってやろうと言い掛けたところで言葉に詰まり、思わず目を見張った。

「よっこいしょ」

動かせる状態まで身体の修復が済んだので、コウがむくりと起き上がると、周囲にざわりとした空気が漂う。

斬り落とされていた筈の左腕もちゃんと繋がっており、コウが斬られるところを見ていた使用人のお姉さん方は『あれは見間違いだったのだろうか？』と自身の記憶を疑う。

「生きているのか……？　おいっ、治癒術士を呼べ！」

「あ、このからだ召喚獣だからダイジョーブだよ」

コウはそう言って喉元に残っていた傷を修復してみせる。人間ではなかったのかと驚くスィルアッカは、ハッと使用人達の様子を窺い、同じように驚いている姿を見て、彼女達も与《あずか》り知らない事だったかと判断した。

いずれにせよ、これほど自律的で人間のように振舞う召喚獣など彼女も聞いた事がなかった。こんな普通ではない存在が今までそれと知られず捕虜に混じっていたのは問題だ。わざとナッハトーム陣営に潜り込んだのでは？　という疑惑も湧《わ》く。

「お前、何者だ」

「ボクはコウ。ガウィーク隊のコウだよ」

ガウィーク隊といえば、アリアトルネに三部隊ほど張り付かせてその動きを封じている中々厄介な討伐集団の隊名だ。そう言えば最近聞いた覚えがあると、スィルアッカは開戦前に収集していたグランダールの情報から、関連する記憶を掘り起こす。

それによれば、冒険者として登録されたという珍しいゴーレムがいて、それはガウィーク隊に所属しているらしいという話だった。

「確か、子供の姿にも化けると聞いたが……お前の事なのか？」

「あ、それボク」

別に化けてるわけじゃないよーとフォローしつつ、完全に傷一つない身体に戻ったコウは川沿いの岩上に並ぶタオルと服の入った桶を手に取ると、使用人のお姉さん方の所まで持っていく。そろそろ日が落ちて気温が下がり始めた小川の縁で、いつまでも裸にしておく訳にはいかないと考えたのだ。

「そのままだとカゼひいちゃうよー」

「あ、ありがとうコウ君……」

コウが例の有名な冒険者ゴーレムであると知り、『胡蝶《こちょう》の館（娼館《しょうかん》）』を利用した事があるらしいなど諸々の噂も聞いていた彼女達は、コウを異性として意識してしまったのか、ちょっと照れながら慌てて衣服を纏う。

その様子を観察していたスィルアッカは、唐突にこんな事を言った。

「面白い奴だ、私のもとに来ないか？　従うならその使用人達……いや、ここにいる捕虜達も全て解放してやろう」

「うん？」

口の端を僅かに上げる自信に満ちた笑みを浮かべ、誰かによく似た雰囲気でコウをじっと見つめるスィルアッカ。一方で突然何を言い出すのかと驚いている側近の侍女や使用人のお姉さん方。

キョトンとするコウは、スィルアッカの内心を読み取るべく『お話』をしてみる事にした。

「それって、ボクをナッハトームに連れて行くって事？」

「ああ、ちょうど男手が足りなくてな。お前を私の直属に加えたい」

言葉に乗って零《こぼ》れる思考によって、コウは彼女の中で組み上げられている計画の一端を知る事ができた。

今回のグランダールへの侵攻は帝国の安定を図る為のものらしく、本格的に滅ぼし合うつもりはないらしい。皇女《スィルアッカ》の即位に慎重《しんちょう》な姿勢を見せる重鎮や対立派閥《はばつ》に対する牽制と、グランダールを宿敵視する現皇帝の方針に追従《ついじゅう》を示すポーズという意味もある。

侵略と略奪《りゃくだつ》で周辺国を呑み込んで大きくなったナッハトーム帝国だが、いつまでもそんなやり方が通用しない事をスィルアッカは分かっている。しかし、昔ながらの『武力で勝ち取れ派』が多いのもナッハトームを取り巻く現状である。

宮殿の中枢を占める有力家も大体そんな感じなので、スィルアッカは自分が次期皇帝に即位し、全権を握ってから帝国の在《あ》り方を改革していこうと目論《もくろ》んでいる。その為にあの手この手で自分の支持者を増やしてるのだ。

スィルアッカ自身はグランダールとも仲良くやりたいと思っており、皇帝になった暁《あかつき》にはもっと平穏な政治的駆け引きによって両国の関係を深め、帝国を発展に導いていければと考えていた。勿論、その背景に軍事力は欠かせない。その為の機械化技術開発である。

コウをスカウトしたのは、噂の冒険者ゴーレムを連れ帰る事で、砦の攻略失敗を埋め合わせる材料に使えるという判断もあるようだ。スィルアッカが胸の内に秘める想い、その真意に触れたコウは彼女の考え方に共感と興味を覚えた。

——何となく、レオゼオス王やレイオス王子達と上手くやっていけそうな気がするのだ。

「ボクを仲間のみんなと戦わせたりしないなら、ついて行ってもいいよ」

こうして、捕虜の解放が条件という名目で、コウはナッハトーム陣営に寄る事となった。

今夜はスィル将軍の大テントに泊まるので、突然の展開にただただ戸惑う使用人のお姉さん方やエスルア号の船長と別れの挨拶を交わしに、まず仮収容所のテントを訪れる。

自分がナッハトームへ行くとガウィーク隊の皆にも心配や迷惑を掛けてしまうと考えたコウは、船長に王都へ戻ったならアンダギー博士や沙耶華《さやか》達によろしくと言伝《ことづて》を頼んでおく事にした。そうすれば博士からガウィーク隊やレイオス王子達にも伝わる筈だ。

「分かった、必ず伝えよう」

「コウ君……本当にナッハトームへ行っちゃうの？」

「もう会えなくなるのかしら……」

心配そうに表情を曇らせる使用人のお姉さん方に、コウは帰って来ようと思えばいつでも帰って来られるからと微笑《ほほえ》みかける。こうする事で、彼女達が『私達のせいでこうなったのではないのか』と密《ひそ》かに抱え込もうとしていた罪悪感の欠片《かけら》を砕いたのだ。

「ダイジョーブだよ、ボクは冒険者だからね」

自分の進む道は自分で決める。今までずっとそうして来たし、これからもそれは変わらない。そう言って、スィル将軍のスカウトに応じたのは己の意思であるとコウは明言する。

たまたま同じ船に乗り合わせてトラブルに見舞われ、今日まで共に生活して来た彼女達を励まし、慰《なぐさ》め、しっかり心のケアまで果たしたコウは、また会おうねと約束してその場を後にしたのだった。

4

夜明けの朝靄《あさもや》に霞《かす》む国境の砦と、その周囲に布陣しているナッハトーム軍の攻略部隊。全軍の指揮を執《と》るスィル将軍の号令により、最後の総攻撃が開始された……のだが――

「うーむ」

「締まりがありませんね」

砦は相変わらず一晩で修復される強固な防壁に護られており、戦いが長引いた事で弾薬が底をついているナッハトーム軍の攻撃は散発的。動ける戦車は撤退に備えて人員や物資の運搬に回されているので、突進力もぱっとしない。

今日ダメなら撤退という情報に前日の騒ぎもあってか、砦への総攻撃はイマイチ士気が上がらずにいた。

今日で撤退――つまりは帰国できるのなら、なるべく怪我をせず無事に帰りたいという、疲弊した兵士達の気持ちが表れている状態だ。元気が余っているのはスィル将軍が連れてきた精鋭団の一部くらいである。

まだこれといった戦果も上げていないので何か手柄が欲しい精鋭団の戦士達は、果敢《かかん》に砦へと寄せていくが、砦に新しく配備された魔導小銃の良い的《まと》になっている。これは先日の深夜に魔導船で運び込まれたらしい。

精鋭団戦士の重甲冑はグランダール軍の魔導小銃から放たれる火炎弾を通さないので、致命傷《ちめいしょう》を負う事はない。だが、甲冑の彼方此方《あちこち》がへこんで装甲の可動部分に引っ掛かり、動きが阻害《そがい》されるという事態が起きているようだ。

時折後方に下がって来ては甲冑の修理をしている戦士達の姿を眺めながら、これは駄目だなとスィルアッカはこっそり溜め息を吐く。

実は総指揮たる彼女自身も今はコウの事に興味が向いており、あまりやる気がなかったりする。

昨晩、自分のテントに招いたコウと少し話をして分かった事。まだ明確にそれを示された訳でもなく、本人に確認も取っていないが、どうもコウには対話する相手の思考を読み取っている節《ふし》が見られた。

そういう祈祷士的な能力を持っているのか、ただ勘《かん》が異常に鋭いだけなのか。

（もし、他者の心を感じ取る力を持っているのだとしたら……〝彼〟の傍に置く事で覚醒の手掛かりが掴めるやもしれん）

他にも帝国内で自分の支持者を増やす際、敵と味方を見分ける指針にも使える。スィルアッカ自身もある程度は人を見分ける目を持っているつもりだが、宮中で強い影響力を持つような人物が纏う偽装《ぎそう》は、その面《つら》の皮同様に厚く幾《いく》らでも重ねられる。心の底では何を思っているのか分からない海千山千《うみせんやません》の重鎮達を相手取るには、スィルアッカはまだまだ若く経験が浅い。優秀な補佐はどうしても必要になるのだ。

そんな事を思いながらチラリと脇を見やると、当の本人《コウ》はスィル将軍御用達の大型輸送戦車の上で横になってごろごろと寛《くつろ》いでいる。絨毯《じゅうたん》敷きの荷台なので寝心地《ねごこち》は悪くない。

ダラダラとした攻防が続く中、偵察隊よりグランダールの援軍部隊が魔導船団で迫っているとの緊急報告が、貴重な正規品の〝対の遠声〟を通して発せられた。その旗印にはレイオス王子率いる〝金色の剣竜隊〟が確認されたとの事だ。

「駄目だな、帰ろう」

「では、そのように」

スィル将軍の決断は早く、レイオス王子が出て来たのならここまでだと、全軍に撤退命令が下される。あからさまには表に出せずとも、内心『これで帰れる』と喜ぶ兵士達は、とっとと引き揚げに掛かった。

バタバタと忙しなく撤収《てっしゅう》準備を始めるナッハトーム軍に、砦側からは『やっと帰る気になったか』といった雰囲気で、当てる気もなさげな魔導小銃による発砲音がまばらに響く。

仮収容所の捕虜はコウとの約束通り置いていくので、撤収の準備は前日から用意していた分も含めて速《すみ》やかに整えられた。大型輸送戦車に備え付けられている壇上に立ったスィル将軍が、整列する兵士達へ向けて正式に撤退を宣言する。

「皆よく戦ってくれた。砦は落とせなかったが我々の新たな力を見せ付けるには十分であった。本作戦はこれで終了とする！」

「全軍、撤収せよ！」

壇の脇に控える副司令官が号令を掛けると、ナッハトーム軍は一斉に撤収を始めた。

「第一攻略部隊、撤収！」

「第三機械化歩兵中隊、撤収！」

「第十一強襲機械化部隊、撤収！」

次々と陣地を後にするナッハトーム軍の各部隊。機械化戦車による車列が西方に向けて、土煙を上げながら連なっていく。アリアトルネ方面に張り付かせている部隊は、湾内に用意されたは迎えの船で海路を使って撤収する事になっていた。


「上空にグランダールの魔導船団！」

「早かったな、しかも多い。今の状況でアレに突っ込まれていたらマズかった」

「そうですね……撤退の決断が遅れていたら、危険な状態になっていたかもしれません」

全軍が移動を始めてすぐ、二十数隻の魔導船団が東の空に現れた。高高度から滑《すべ》り降りるように飛行する事で速度を上げていたらしく、予想よりもずっと早いその到着に、結構危なかったとスィルアッカ達は安堵の溜め息を吐く。

しかし、魔導船団の約半数は砦の上空に留まり、物資や人員の補給を始めたが、残りの魔導船は撤退するナッハトーム軍の車列をそのまま追いかけて来た。爆撃でもされては堪《たま》らんと、盾を翳して防空態勢を取りながらナッハトーム軍は速度を上げる。

迎撃したくても対魔導船に有効な兵器である筒型火炎槍は砦攻略に使い果たしてしまい、既に打ち止めとなっている。折角の標的を前に何もできないナッハトーム軍の特殊砲兵が二、三本残して置けばよかったと臍《ほぞ》を噬《か》む。

一方、火炎槍の対空攻撃を警戒するグランダール側は、急場凌ぎながら船底に装甲を増やして防御を固めており、重量が増えた分、水平飛行に入るとあまり速度が出せない状態になっていた。

機動力の低下により、撤退するナッハトーム軍の前方に回り込んで退路を塞《ふさ》ぎつつ砦の部隊との挟撃《きょうげき》に持ち込むような戦術が使えない。代わりに考案されたのが、装甲で強化された船底の防御力を有効利用する強襲揚陸攻撃だった。

地面すれすれまで高度を下げて敵軍車列のど真ん中へと降下した軍用魔導船から、魔導輪を装備した特殊歩兵部隊、新たに編成された魔導器中隊が飛び出した。その中にはレイオス王子の率いる〝金色の剣竜隊〟も交じっている。

「狙いは先頭の大型車両だ！　第一、第二部隊は俺達の援護に回れ！　行くぞ！」

今回の戦いは、ナッハトームの次期皇帝と目されるスィル将軍の戦略手腕によって、グランダールが終始押され気味だった。今後スィル将軍が正式に即位してナッハトームの皇帝となれば、グランダールのみならず周辺国の平和も脅かされる危険がある。

逆に、ここでスィル将軍を討ち取っておけばナッハトームに大打撃を与えられるのだ。その後は帝国皇帝の後継者争いを適当に煽《あお》って揺さぶりを掛けてやれば、国内の混乱で暫くは身動きできなくなるだろう。

レオゼオス王も警戒するスィル将軍を討つべく、大胆な強襲作戦でナッハトーム軍の本隊に喰らいついたレイオスは、一気に勝負を決めに掛かった。

「左後方より敵滑走部隊接近！」

ナッハトーム軍の先頭を行く、スィル将軍を乗せた大型輸送戦車にレイオス王子の一団、〝金色の剣竜隊〟が追いついて来た。後続の戦車や武装馬車が進路に割り込んで行く手を阻《はば》もうとするが、それらを悉《ことごと》く躱《かわ》しながら着実に距離を詰めて来る。

時折、爆発的な急加速を見せる〝金色の剣竜隊〟は、加速装置付きの新型魔導輪を履《は》いていた。

魔導器で制御される風系魔術によって対象を完全に浮かせているグランダールの魔導輪とは違い、ナッハトームの滑走機は複数の小さな車輪を回して地面の上を滑るように走っている。平坦とは言い難い地表であんな風に加速すれば間違いなく吹っ飛んでしまうだろう。

あれは我が軍《ウチ》の滑走機では真似できないなと感想を述べるスィルアッカの隣で、アンダギー博士は仕事が早いなぁとコウは感心する。

ちなみに、この加速装置は魔導船にも火炎槍攻撃に対する緊急回避用として採用が決まっていた。

「これは追いつかれるな」

「スィル様、念の為に車内へ退避されては？」

万が一に備えてスィルアッカを安全な場所へ避難《ひなん》させようと考える側近が声を掛けたその時、〝金色の剣竜隊〟の攻撃術士と魔法剣を操る剣士が動いた。複数の火炎弾と光弾が並走していた武装馬車を直撃し、強引に隙間をこじ開ける。

そこへ滑り込んで接近したレイオスは大型輸送戦車に手を掛けると、魔導輪の加速装置を噴かして一気に飛び乗った。

大型輸送戦車に同乗している副司令官と護衛の精鋭達が一斉に抜刀《ばっとう》して、迎撃態勢を取る。

「スィル将軍を護れ！」

「相手はあのレイオス王子だ！　討ち取れば国中に名が轟《とどろ》くぞ！」

「ふっ、やってみるがいい」

不敵な笑みを浮かべて愛剣〝風断《かぜた》ち〟に真空を纏わせたレイオスは、魔導輪を利用した予測不可能な軌道《きどう》で突進しながら薙《な》ぎ払う。たちまち護衛の精鋭戦士達が戦車から叩き落とされた。

元々魔導小銃とセットで使う事を前提とした魔導輪の機動力を、剣術に組み込んで接近戦で使うという、レイオスが独自に編み出した魔導剣技。魔導輪のあんな使い方は自分も考えた事がないと、コウはレイオス王子の柔軟《じゅうなん》な発想と実行力に驚いた。

「なるほど。何かと反則染みた強さを誇ると謂《い》われる〝金色の剣竜隊〟、それを率いる冒険王子の名は伊達《だて》ではないな」

剣を抜いたスィルアッカを、同じくナイフを抜いた側近の侍女が庇《かば》うように前へ踏み出し、レイオスに挑む。彼女が戦場で侍女の格好をしているのは拘《こだわ》りもあるが、相手を油断させる効果もある。

侍女を斬る事に躊躇を覚えた相手が剣を鈍らせれば、それだけで時間稼ぎの効果も狙えるのだ。——だが、レイオスは油断も躊躇も見せなかった。

「いかんっ、下がれターナ!」

普通の騎士なら引っ掛かったかもしれないが、一般の冒険者に交じって街で過ごしたりダンジョンに下りたりという経験を積んで来たレイオスに、そういった小細工《こざいく》は通用しない。

容赦なく振るわれた〝風断ち〟の刃が側近の侍女、ターナトーリアを構えるナイフごと薙ぎ払う。直前で発せられたスィルアッカの警告に反応していたターナは、間一髪《かんいっぱつ》でそれを避けた。

　両断されたナイフが床を叩き、大きく裂けた侍女服の内側に覗く鱗鎧が一部砕かれ、飛び散る破片《はへん》が宙を舞う。

「ターナ！」

「く……っ、申し訳ありません、スィル様」

「良い、無茶はするな。ここでお前を失う訳にはいかん」

　滲《にじ》み出る血を隠すように、ターナは破れた侍女服で鱗鎧の裂け目を覆う。彼女《ターナ》が太刀打ちできないとなると、これは相当に手強《てごわ》いぞと、スィルアッカはレイオスに対する警戒心を深める。

　スィル将軍を護るべく、ナッハトームの武装馬車から兵士達が飛び移り、次々とレイオスに斬り掛かるが、魔導輪で並走する〝金色の剣竜隊〟の援護もあり、まるで歯が立たない。完全に圧倒されているようだ。

　周囲ではこれ以上スィル将軍の戦車に近づけさせまいと、ナッハトーム軍の各部隊がグランダール軍の追撃に応戦している。

　機動力の差で少しずつ本隊が離されていく戦況を確認したレイオスは、戦車の足を止めるべく動力部分に〝風断ち〟を突き刺した。

「動力機の位置を知られている……!?」

「戦車の構造を解析されたか──まずいっ」

動力の一つが潰され、大型輸送戦車の速度が落ち始めた。ここで足を止められては確実に捕捉される。まずは生還しなければ始まらない。だが、これ以上無駄に兵士達を蹴散《けち》らされるのも、帰還後の活動に影響が出てしまう。

スィルアッカが将兵達から人気と尊敬を集めているのは、皇女という身分や、彼等を魅了してやまない類稀《たぐいまれ》なる容姿のせいだけではない。

実際に戦士としても高い実力を持つ事から、『スィル将軍』として認められているのだ。彼女が今後帝国を掌握していく上で、将兵達の強い支持は必要だ。

才色兼備《さいしょくけんび》の皇女殿下というイメージを崩す訳にはいかない。砦の攻略に失敗したところまでなら、まだまだ緒戦の勢いで稼いだ戦功が勝っている。が、ここでレイオス王子にやられっぱなしで逃げ帰っては、スィル将軍の精強《せいきょう》のイメージに傷がつく。

(一当てくらいは交わさねば、示しがつかんか)

グランダールの冒険王子は相当な手練《てだ》れと聞くが、スィルアッカも剣の腕には自信がある。相手を倒せずとも、一騎打ちで決着をつければ兵達の犠牲を減らせ、体裁《ていさい》は繕《つくろ》えるだろう。

側近《ターナ》に撤退用の武装馬車へ移っていつでも出せるよう準備を指示したスィルアッカは、覚悟を決めると兵達を下がらせてレイオスに挑んだ。

「大将自ら刃を交えるか」

「そなたも立場は同じようなものであろう」

撤退するナッハトーム軍と追撃するグランダール軍の激しい攻防が続く中、大型輸送戦車の上で対峙するレイオス王子とスィルアッカ皇女。ナッハトームの兵士達は命令に従って、横付けされた味方の車両へと退避を始めている。

「此度《こたび》の戦、女だてらに大した手腕だった。今後の両国の為にも、ここで討ち果たされるがいい」

「まだ果てる訳にはいかぬのでな、その辛辣《しんらつ》な褒め言葉だけ受け取っておこう」

苦笑で応えたスィルアッカが剣を構える。それを合図に〝風断ち〟を振りかざしたレイオスが、魔導輪を使った移動ならではの読み難い軌道で間合いを詰める。

レイオス王子の振るう魔法剣〝風断ち〟が相手では、この自分専用に製造された特別製重甲冑の装甲も当てにならない――そう判断したスィルアッカは、生きて帰る事を優先する。

左側から楕円《だえん》軌道で斬り込んで来るレイオスに対し、右に構えた剣を大きく振り被って左手を突き出す。腕の一本くらいならくれてやるという捨て身の戦法。滑走状態の相手に重甲冑の全体重を乗せた一撃をぶつけて戦車から弾き落とすのが狙いである。

魔導輪を使う戦法に対して、その特性を逆利用する即興《そっきょう》の作戦だ。

――だが読まれた。

正面に突き出されているスィルアッカの左腕を薙ぎ払おうとしていたレイオスは、直前で急停止すると、両足で踏ん張りつつ体勢を維持、滑走する勢いのまま床を蹴って踏み込んだ。

外から内へ、横薙ぎに払われようとしていた〝風断ち〟の軌道が、斜め上からの袈裟懸《けさが》けに変化する。

「くっ！」

咄嗟《とっさ》に振り被っていた剣を引き戻しながら、スィルアッカは体勢が崩れる事を覚悟で後ろに飛ぶ。そして概《おおむ》ね彼女の予想通り、〝風断ち〟の一撃は防御に使った剣ごと重甲冑の装甲をも斬り砕く。装飾の施された胸当て部分が大きく裂けて弾け飛んだ。

辛うじてその一撃は避けられたものの、背中から倒れ込んだスィルアッカの腕を踏みつけて動きを封じたレイオスが〝風断ち〟を裂けた重甲冑の胸元に向けて垂直に翳し、勝負は付いた。このまま突き下ろせば、それで終わりだ。

「グランダールの冒険王子、これ程とはな……」

「良い勝負だった、ナッハトームの姫将軍」

「スィル様！」

ここまでかと、レイオスを見上げるスィルアッカに〝風断ち〟が突き下ろされ、ターナの悲鳴のような声が響いたその時——


「!?」

一瞬、大型輸送戦車の車体が揺れ、ガキンッという金属音がして〝風断ち〟が止められた。というよりも、突き下ろそうとした瞬間に正面から迫って来た攻撃を防ぐ為の盾として使わされたのだ。

止めの一撃を阻んだ存在、篭手のような拳を突き出したそれは、全身を鎧で包まれた巨人、複合体《コウ》だった。レイオスが思わず目を見張る。

驚いたのはレイオスだけではない。スィルアッカも何故コウが自分を助けようとするのかと戸惑いを見せる。確かに自分の下に誘いはしたが、受け入れには捕虜の解放や『仲間とは戦わせない』という条件があった。

コウが護ろうとしていた捕虜の使用人達の中には、魔導船が撃墜された際に死傷した者もいるし、コウの所属するガウィーク隊も今はグランダール側に付いて戦っている。

コウには少なからずナッハトームと敵対する理由がある筈なのだ。この状況で自分《スィルアッカ》を庇う理由が分からなかった。

「……何の真似だ、コウ」

〝風断ち〟を構えたまま、レイオスは鋭い視線を向けて問う。複合体は答えない。いつもの文字も浮かばない。何より、纏う気配が違っていた。普通のゴーレムのような無機質感に、コウではないのか？　とレイオスが訝《いぶか》しむ。

「スィルをここで死なせるワケにはいかないんだ」

代わりに答えたのは、複合体の片腕に乗っている少年型だった。

スィルアッカの将来の計画、ナッハトーム帝国と周辺国との未来像を読み取ったコウは、彼女《スィルアッカ》が生きて偉い地位に就いた方がナッハトームとグランダールの双方にとって良いと考えた。

それは普通の人間ならば誰しもが持つであろう感情のしがらみに囚《とら》われない、コウの在り方そのものが表れた判断であった。

なぜ複合体と少年型が同時に存在しているのかと一瞬驚くが、博士絡みでコウの事をよく知るレイオスはすぐに仕組みを理解した。恐らく少年型に憑依したまま複合体に自身の一部を入れて操っているのだ。だが何故、わざわざそんな事をしているのかと新たな疑問を浮かべる。

「何故ナッハトームに味方する」

「また今度せつめいするよ」

じっと少年型《コウ》の眼を見るレイオスと、じぃ～と見つめ返すコウ。

「俺を納得させられるだけの理由があるのだろうな？」

「うん、たぶん」

「いいだろう……………サヤカを悲しませるような事はするなよ？」

そう念を押したレイオスは、これでいつぞやの借りは返したからなと告げて、引き揚げに掛かった。ひらりと大型輸送戦車から飛び降り、魔導輪の浮遊機構で着地して踵《きびす》を返す。

「深追いはせず捕虜の救出だ！」

〝金色の剣竜隊〟から伝令にそう伝えさせたレイオスは追撃をここまでとし、全軍を退《ひ》かせた。

◆　◆　◆

「だいじょうぶ？」

「あ、ああ……」

どういう仕組みなのかゴーレムの巨体が消え、声を掛けて来たコウにスィルアッカは曖《あい》昧《まい》な返事で応える。コウにレイオス王子と面識があった事は分かるが、討ち取ったも同然だった敵の総大将を目前にして退かせるとは、と驚きを隠せない。

「スィル様！　お怪我はっ」

「ない。心配を掛けたな」

側近のターナが駆けつける頃には普段の調子に戻したスィルアッカは、改めてコウに向き直ると礼を言う。

「とにかく、助かった。相応の礼は尽くす」

「ちゃんと偉い人になってみんなと仲良くしてくれればいいよ」

そんなコウの返事にスィルアッカは目を丸くした。そして密かに確信を深める。やはりコウは他者の心を感じ取って相手の考えを認識できるのではないか？　と。

（これは……とんでもなく良い拾い物だったかもしれんな）

かくして、コウ達を乗せた若干損傷の残る大型輸送戦車を先頭に、ナッハトーム軍はグランダール領から撤退していったのだった。

5

多数の支分国を抱えるナッハトーム帝国。その頂点に君臨《くんりん》しているのが、皇帝ガスクラッテを頂く現宗主国、帝都エッリアである。前線から撤退して二日目、スィルアッカ達はこの帝都エッリアへと帰還を果たした。

「ナッハトームって砂漠の国だって聞いてたのに、街は水にかこまれてるんだね」

「この辺りは水源が多くてな、エッリアは帝国の中でも特に水に恵まれているのだ」

砂漠地帯にある街の中では比較的海にも近く、水産業の恩恵も受けられる。街の周囲を水源に囲まれている為、他の地域よりも発展し易《やす》いと同時に狙われ易い土地柄でもあったが、それ故に武力も高い水準を誇る。

農作物を輸入に頼らず育てられるエッリアは、食糧事情の厳しいナッハトーム帝国の生命線として、宗主国の座を支えているのだ。

「あの箱みたいな大きな建物は？」

「あれは兵器工場だ」

いかにも物々しい雰囲気を持つその建物は、槍を立てて並べたような高い柵に囲まれており、兵装の警備員がその周囲を等間隔《とうかんかく》で巡回している姿が見える。周りを囲む水路には赤茶けた水が流れていた。

工場を囲う水路からは、汚れた水が周囲に染み出さないようしっかり石で固められた排水路が、街の外へと続いている。

工場はできるだけ水源から離したいが、重要機密となる機械技術はよその国には知られたくないので、帝都からはあまり離したくない。

しかし帝都は水源に囲まれているため、汚染《おせん》を考えるなら離れた場所に建てるのが望ましい。ただそうすると監視の目が届き難《にく》くなるというジレンマ。次代の宗主国の座を狙う支分国の存在もあり、ナッハトーム帝国は色々と火種《ひだね》を抱え込んでいるのが現状だ。

街の大通りに入ると、宮殿までの道のりには立ち入り禁止区画を示す紐《ひも》を持った兵士達が治安を護るべく配置されていた。その向こう側には、集まった大勢の民衆が帰還したナッハトーム軍の車列に手を振っている様子が窺える。

「みんな歓迎してるね」

「スィル様は民からも慕《した》われていらっしゃるのよ？」

「……民衆心理を利用しているだけだ。私本来の姿と民《たみ》の目に映る私の姿は随分と違うものさ」

人々の明るい雰囲気に関心を示すコウに、主を自慢するような調子でターナが答えるも、当の本人は自嘲気味《じちょうぎみ》にそんな事を言う。哀しげに眉尻を下げる側近に罪悪感を覚えたスィルアッカは『すまん』と苦笑で返した。

「あの大きいのが宮殿？」

「そうだ。ナッハトーム中から各支分国の王族や大使達が集まる帝国の中枢だ」

帝都の中心にあるエッリア宮殿。その周囲には広い軍施設地帯が設けられ、兵舎や訓練所などが建ち並ぶ。この敷地内にある兵器開発工場は主に『例の書物』に関連した武器の研究が行われる施設であった。

軍施設地帯の外側は一般民の住む城下街と工業・農業地帯が広がり、ここに建つ工場では機械化兵器でも例の書物とは無関係な武器防具類、その他の機械類を主に製造している。ヴァロウ隊が使っている機械化連弓もここで製造されたものだ。

街から少し南方面に下った海側の一帯では特産品の香辛料の元になる植物が栽培されており、一応関係者以外立ち入り禁止の特別区に指定されていた。

「そういえば、コウはどんな料理が好みだ？　こっちの食べ物が口に合うと良いのだが」

「ボク、たべものの味とかはあんまり分からないんだ。食べなくてもへいきだし」

「そうなのか……」

一応、匂いや歯触《はざわ》り舌触《したざわ》りで判別する事は可能だが、味を楽しんだり空腹を満たすという感覚は無いのだとコウはスィルアッカに説明する。

スィルアッカは砦前の陣地でもコウが食事をしているところは見た事が無かったと思い出しながら、食べる楽しみを知らないのは不憫《ふびん》だなと憐《あわ》れむ。実は睡眠も必要ないという事を知って、眠りの悦《よろこ》びを知らないのは悲劇だと嘆《なげ》く日も、そう遠くはないだろう。

民衆が集《つど》う城下街の大通りを抜けた車列は軍施設地帯に入り、スィル将軍の乗る大型輸送戦車と後続の将校達を乗せた幹部用戦車は宮殿の大門を潜《くぐ》って、入り口へと続く正面の通りへ進む。一般兵を乗せた戦車は兵舎のある区画へと方向転換していった。

やがて大型輸送戦車を先頭に数台の幹部用戦車が宮殿の入り口前で停車。無事の帰還を祝う宮殿兵が敬礼で出迎えた。

「よし、着いたぞコウ。一人で降りられるか？」

「だいじょうぶ、このくらいの高さならひとっとびで――」

「こういう場所では飛び降りないでくださいね」

ターナにひょいと抱えられて戦車を降り、宮殿内に入ると、宮殿兵の列を過ぎた辺りに皇女付き侍女の一団が待機している。

将校達は一足先に上層階へと上がるべく、スィルアッカに礼をして廊下の突き当たりに並ぶ扉付きの柱まで進み、その柱に埋め込まれる形で設置されている昇降機に乗り込んでいった。

ちなみに、真ん中のひと際大きい昇降機柱は皇族専用なので、彼等が使うのはその左右に並ぶ通常の昇降機である。

「スィル様、御召《おめ》し替えは如何《いかが》なさいますか？」

「このままでよかろう」

「畏《かしこ》まりました」

この方が戦場から帰還した事をインパクトをもってアピールできると言うスィルアッカに、ターナは肯《うなず》いて応え、待機していた部下の侍女達を下がらせた。

コウを伴ったスィルアッカ達はそのまま通路の突き当たり、中央に聳《そび》える豪華な扉のついた巨大な柱へ向かう。

豪華な扉の前には、いつものように老紳士が控えていた。

「お帰りなさいませスィルアッカ様。砦攻めの指揮、お疲れ様でした」

「うむ。今日は父上も顔を出しているか？」

「はい、マーハティーニの王子、王女様方もお見えでいらっしゃいます」

「あ～……分かった」

老紳士と短いやり取りをしてから、一行は昇降機に乗り込む。『こんな乗り物があるのか～』と感心するコウはふと、自分の欠けた記憶から『エレベーター』という名称が浮かび、馴染みを感じた。同時に、意識を引っ張られる感覚が増したような気もしている。

石造りの巨大な柱と重厚《じゅうこう》な空間に圧倒される、何処か殺伐《さつばつ》とした玄関ホールから宮殿の上階に到着。すると途端に雰囲気が一変し、細かい刺繍《ししゅう》の入った赤い絨毯に壁や天井は、照明のランプで橙色に照らし出されている。

控えめな装飾が施された細身の柱が等間隔に並ぶこの広い空間の落ち着いた空気は、下階とはまるで別世界のようであった。昇降機乗り場となるこの広間から正面と左右斜め方向に長い廊下が伸びていて、それぞれ宮殿内の各区画に繋がっているのだ。

広間に待機する使用人達が、スィル将軍の帰還をお辞儀で迎える。

「トルトリュスのお城より大きいね」

「そうなのか？」

「うん。王宮群も含めたら向こうの方が五倍くらい大きいけど」

「そんなにか……」

自分の生まれ育った宮殿にそれなりに愛着のあるスィルアッカは、上げて落としたのはワザとか？　と内心でコウにジト目を向ける。家に戻った安心感からか、何処か穏やかな空気を漂わせるスィルアッカにターナも表情を緩めている。

と、そこへ、廊下の先から乱入者の如《ごと》き勢いで駆け寄って来る小柄な人影があった。

「スィルお姉さまーーー！」

ツインテールにした金髪を揺らしながらスィルアッカの腕に跳び付いた活発そうな少女は、『お帰りなさい』と嬉しそうにぴょんぴょん跳ねる。更にはその後ろから少女を追いかけて来た大柄な青年がスィルアッカの身を案じて、元気過ぎる妹を窘《たしな》めた。

「メルっ、スィルは戦場帰りで疲れてるんだから、少しは自重《じちょう》しないか」

「はぁ～い、ごめんなさいディード兄さま、スィル姉さま」

厳《おごそ》かな雰囲気を醸し出していた宮殿の廊下が、一気に賑《にぎ》やかな空気に包まれる。

ディードルバードとメルエシード。二人はナッハトーム帝国内に数ある支分国の中で最も勢いのある国、マーハティーニ国の王子と王女であった。

スィルアッカと同じ重戦士で大男のディードルバードは、彫《ほ》りの深い濃い顔立ちで誰かの情夫に見えなくもないような色気《いろけ》を漂わせている。しかし身体のごつさが軟弱《なんじゃく》な要素を打ち消し、奇妙なバランスを保っている。

グランダールのレイオス王子とはまた違った方向で野性味のあるマッチョだなと改めて認識したスィルアッカは、何かと自分にくっ付いてくるメルエシードの頭を撫でながらディード王子と挨拶を交わす。

「この前の式典以来だな、そちらの征伐はもう済んだのか？」

「いやあ、奴等逃げ足だけは一級品だからなっ、折角アジトを見つけても急襲した時はもぬけの殻ばかりだ、ハッハッハ！　それより聞いたぞ？　砦の攻略に自ら赴いたそうじゃないかっ、俺も呼んでくれれば存分に力になれたのに！」

「そうは言うがな、国内の反乱軍を抑えられるのは貴方しかいないのだから仕方あるまい」

「おのれ反乱軍め！」

こんな感じで、ディード王子は気立てこそ悪くないが少々暑苦しくてお馬鹿っぽい。彼の父であるレイバドリエード王はマーハティーニを帝国の宗主国に、ディード王子を次期皇帝にと企んでいるが、それにも気付いているのかいないのか。

政治的な理由もあって表面上は親しげに振舞うも、スィルアッカとしては内心あまり関わりたくない。

「スィル姉さまスィル姉さま！　姉さまの鎧、胸元がこんなに裂けてしまっているわっ、まさか怪我をしたの？」

「いや……装甲を削られただけだから、心配ない」

「でもでもっ、壊れた鎧なんて着ているると何処か引っ掛けて怪我をしてしまうかも！　危ないから早くお着替えになった方がいいわっ、ね？　ディード兄さまもそう思うでしょ？」

「うーむ、確かに破損《はそん》した甲冑姿だと格好がつかんかもしれんなぁ。やはり〝スィル将軍〟は神々《こうごう》しく華やかでないとなっ！」

「あ、ああ……そうだな」

兄と同じく、妹のメルエシードもこんな調子でスィルアッカのささやかな目論みを無邪《むじゃ》気《き》に蹴散らしてしまう事が多々あり、されど無下《むげ》にもできずと、どうにも対処に困ってしまう兄妹だった。

着替えに誘うメルエシードに腕を引かれながら『ちょっと助けろ』と疲れた目線を向けてくるスィルアッカに、ターナは頑張ってくださいと応援の視線を送り返す。

スィルアッカとは主と側近の枠《わく》を越えた信頼関係で結ばれているターナトーリアだが、王族同士の会話に横から口を挟んでは、不敬の誹《そし》りは免《まぬが》れない。ターナは良くできた侍女なので、後々主の不評に繋がるような行動は極力避けるのだ。

ここ最近のエッリア宮殿では珍しくないそんな光景が繰り広げられていたその時――

「あら？　その子はだぁれ？」

ふと『スィル姉さま』の視線の先に目をやり、メルエシードはいつもスィルアッカの傍に控えている侍女の隣に見慣れない少年の姿を見つけた。

「ああ、彼はちょっと戦場で拾ってきたというか、私の直属にしようかと――」

「ええっ！　スィル姉さまが男の子をお傍に⁉」

公然の秘密として男嫌いで知られているこの皇女が、小さな少年とはいえ身辺に男を置くとは――驚いたメルエシードはスィルアッカの腕にくっ付いたまま『一体何者？』とばかりに、ずずいと身を乗り出してコウの顔を覗き込む。

コウは、鼻先が触れそうなほど近付いたメルエシードの整った顔立ちを観察した。何か香水とは違う、甘い匂いが鼻腔《びこう》を擽《くすぐ》る。少し釣り目気味な翠眼《すいがん》の瞳が、興味深そうにコウの黒い瞳を捉えている。

――これは彼女の使ういつもの手である。身分も高く見目麗しい美少女からこんな風に顔を寄せられれば、普通の相手なら大抵の場合、照れたり怯んだりするものだ。そしてその印象が強く心に刻まれれば苦手意識を持ち、会話に呑まれ易くなる。

「こんにちは。ボク、コウって言います。君、なんだか美味しそうな匂いがするね？」

「……へ？」

「あ、これお菓子の匂いだ。木の実焼きのサブレかな、くちびるに甘いお砂糖でもついてる？」

「！！！」

頬を赤くしてさっと身を引いたメルエシードは、慌てて口元を両手で隠す。まずは牽制の『顔近過ぎ作戦』で主導権を握ってコウ少年の人物像を推《お》し測り、あわよくば自分の支配下に取り込もうと考えていた彼女は、思わぬ反撃にうろたえた。

「す、スィル姉さま！　この子危ない子ですわっ、絶対誑《たら》しに違いないです！」

「ははは、心配ない、ちょっと浮世離《うきよばな》れしているだけだ。コウも女性相手に匂いを話題にしたり美味しそうなんて言ったりするものではないぞ？」

「はーい」

「ほほーう、スィルが目を掛けるだけあって中々堂々としているじゃないか」

話題がコウに移ったのでこれ幸いと、スィルアッカはコウが巷《ちまた》で噂の冒険者ゴーレムである事を明かす。そして訳あって捕虜達の中に混じっていた彼をスカウトしたのだと、コウを連れてきた経緯を掻い摘んで話した。

これから皇帝の間で今回の戦と今後の展望について説明をするので、コウの事もそこで発表する予定なのだと話を締めくくる。

「冒険者……この子が？」

マーハティーニの兄妹がコウに注目したタイミングを逃がさず、ターナが皇帝の間へ急ぐようさりげなく進言する。

「うむ、そうだな。父上も待ち侘《わ》びているやもしれん」

「おおっとすまない、長く引き止めてしまったようだ。メル、俺達も親父殿の所へ急ぐぞ」

「むぅ～……はぁ～い、兄さま。それじゃあスィル姉さまも、また後で！」

ぴょんとディードルバード王子の腕に飛びついたメルエシード王女はそう言って手を振り振り、廊下の向こうへ去っていった。

何かと騒がしい兄妹と別れ、スィルアッカ達もやれやれと肩の力を抜きながら皇帝の間へ移動を始める。

「コウのお陰で上手くやり過ごせましたね」

「ああ、全くだ。コウ、さっきのアレはワザとなのか？」

他者の考えを感じ取っている節のあるコウの事だ。メルエシードに対する一連の発言が狙ったものだとすれば、スィルアッカやターナ達の内心を察して機転を利かせたと考えられるが、もし天然だった場合は、コウに対する認識を少々改めなくてはならない。

「うん？　別にふつうに話しただけだよ？」

「……そうか」

近くに置く侍女や使用人はしっかり考えなくてはならんなと、スィルアッカ達はコウに対する認識を聡明な子供から要警戒な男に改めた。そこへコウはさらりとひと言、緩んでいた二人の気を引き締める忠告を与えた。

「あの子の前では、あんまり大事な秘密とか口にしない方がいいよ。味方じゃないから」

その言葉に一瞬目を見張り、スィルアッカは『そうか』とだけ呟く。そっと顔を見合わせたターナも神妙《しんみょう》な顔付きで頷いた。薄々感じてはいたのだ。懐《なつ》いてくるメルエシードの眼、そこに垣間《かいま》見《み》られる不思議な違和感に。

あの瞳の奥には何か別の強い情念が籠められていると。

「コウ、これから向かう場所がどういう所か分かるな?」

「うん、グランダールでも王様に会った事あるよ」

皇帝陛下の前で不敬をやらかさないよう大人しくしてるよーと語るコウに、スィルアッカは頷いて笑いかける。要請されずともこちら側の立場を察してか、早速敵と味方を見分けてくれたコウを心強く感じる。コウは自分に求められている役割を理解しているようだと安心できた。

これから赴く皇帝の間には、支分国の王族をはじめ多くの重鎮達や将校、各国の大使達が集まっている。それは、スィルアッカが帝国の未来を担い、導いて行く為に必要な人材と不要な人材を選《え》り分ける絶好の機会。

「期待しているぞ」

スィルアッカの緊張を孕《はら》んだ言葉に、コウは『二度目だから大丈夫だよー』と軽快に答えたのだった。

6

エッリア宮殿上層階の中心部から更に上の階へと上がると、広い廊下の如《ごと》く細長い部屋がある。この部屋は真ん中辺りで巨大な扉で仕切られており、扉の外側は〝謁見《えっけん》の間〟、内側は〝皇帝の間〟となっていた。

仕切りの扉部分から床が一段高い造りになっている〝皇帝の間〟は、主に支分国からの大使や王族、高級官僚など国家の中枢を占める重要人物が招かれる御前会議の場として使われる。

中央付近に演説や発表を行う壇が設けられ、それを囲む形でテーブルと出席者達の席が円状に並ぶ。部屋の一番奥、更に二段程高くなった壇上には皇帝の玉座《ぎょくざ》があるのだ。

従って通常、皇帝に謁見する者はどうにか姿を確認できるといったくらいに遠くに居る皇帝陛下に平伏した状態で謁見が許される形になる。

これは暗殺を警戒しての処置でもあるのだが、この謁見者と皇帝との距離がナッハトーム帝国の内情を表していた。

「――という訳で、機械化兵器の有用性は実証されましたが、本格的な運用は生産体制から考えてまだこれからというところでしょう」

各支分国の大使や国の重鎮達が注目する壇上で戦果報告を続けるスィルアッカ。その身に纏う特別製の重甲冑に刻まれた破損跡が、戦いの激しさを生々しく実感させる。

今回の侵攻で機械化兵器による新戦力に手応えを感じたが、まだまだグランダールの魔導兵器とやり合うには力が足りないとして全面戦争を回避する方針を掲げ《かか》るスィル将軍は、捕虜の交換及び身代金を条件に休戦に持ち込むべきだと主張した。

進行役の官僚が意見を募り、特に反対する者もいない事を確認してガスクラッテ皇帝にお伺いを立てる。

「うむ。よかろう、そのように致せ。ご苦労であったな、スィルよ。見事な手腕であった」

「ありがとうございます、父上」

スィルアッカの凛々《りり》しく堂々と振舞う姿に目尻を下げる皇帝。公的な場でも父と呼ばせているところに、気の掛け具合が表れている。

レオゼオス王にやられっぱなしだったガスクラッテ帝は、一矢《いっし》報《むく》いてやったとしてスィル将軍の働きを評価。新たな領土が増えなかったのは残念だが、身代金も入るし、先行きは明るいと娘の活躍に更なる期待をかける。

一方、現皇帝に期待を寄せられているスィルアッカの内心では『確かに帝国の未来を明るい方へ導くつもりだ――あなたとは別の方法でな』と野心染みた考えが巡らされていた。

今回の戦の落とし所と今後の方針についてはこれで決定となり、各方面への通達が行われてグランダールとの休戦に向けた交渉《こうしょう》に入る事になる。スィル将軍の戦果報告は一応、ここまでで終わりだ。

この後は居並《いなら》ぶ重鎮達を相手にした質疑応答が待っている。といっても、戦果報告の中で必要な情報は全て出してしまっているので、特にこれといった疑問も質問も挙がらない。

そんな空気の中、重鎮の一人である熟年の男性が挙手した。彼の姿を認めたスィルアッカは『やはり来たか』と胸中に湧く警戒心に顎を引き、他の重鎮や将校達も『ああ、また彼か』と達観めいた視線を向ける。

「一つ、よろしいですかな？」

「どうぞ、ルッカブルク卿」

現皇帝の側近や将校達の間では、スィルアッカ支持派が大勢を占める。だが次期皇帝としての足場固めを行うべく支持者を増やしたいスィルアッカにとって、ルッカブルク卿は対抗派閥ともいえる存在である。

明確な対立姿勢を示している訳ではないものの、スィルアッカ皇女の即位に慎重な重鎮や一部の将校達を束ねる一派の中心的な人物だ。

彼等は次期宗主国と皇帝の座を狙うマーハティーニと違い、同じエッリアの古参《こさん》有力家から次代の皇帝を選出したい勢力なので、マーハティーニと協調する国内勢力とも対立関係にあった。

単純に表してしまうならば、ルッカブルク卿の一派もマーハティーニのレイバドリエード王も、己の息子にスィルアッカを娶《めと》らせて次期皇帝に、と目論む有力家の面子《メンツ》であるといえるが。

「結局、今回の戦で領土の代わりに手に入れたのは、その子供に見える珍しい冒険者ゴーレム一体という事で、宜しいのですかな？」

部屋の隅《すみ》に控えるターナの隣で、ちょこんと立つコウに皆の視線が集まる。さすがに情報が早い――スィルアッカは内心でそう呟く。

一見単なる嫌味を言っただけに聞こえるルッカブルク卿の問い掛けは、コウの事を噂の冒険者ゴーレムであるらしいと予《あらかじ》め示す事で『ただの子供ではなかった』というサプライズを封じてしまっている。

（先手を取られたな。さて、どう切り返したものか）

ルッカブルク卿の狙いは、スィルアッカ皇女の印象を貶《おとし》める事である。総指揮として神聖な戦いの場に赴きながら、珍しい玩具《おもちゃ》を見つけてそちらを優先したかのように思わせたいのだ。

実際、『スィル将軍の率いた精鋭団』は今回の戦いで戦功らしい戦功を立てていない。

「すぐに手放す事になる僻地《へきち》よりは役に立つというものですよ」

スィルアッカはとりあえず、砦の脅威を取り除けないまま占領した土地が、開拓も何もできないうちに取り返されたという歴史的事実を挙げて牽制してみる。

機械化兵器の実証実験は成功したといえるし、それによって今まで手の打ちようがなかった魔導船への対抗手段も確立できた。これまで魔導兵器導入後のグランダール軍に負けっ放しだった戦いも、今回は実質引き分けにまで持ち込めたのだ。

有名な冒険者ゴーレムを味方につけられた事は、無理にグランダール領から僅かばかりの土地を得ようとする事よりも余程有意義な選択であったと主張する。しかし——

「まあ、それは良いでしょう。ですが所詮は無頼漢《ぶらいかん》共の有象無象《うぞうむぞう》から飛び出た変わり種と申しましょうか、卑《いや》しき身分なれど手錬《てだれ》の冒険者を語るならば、せめて献上の品で敬意を示すのが筋というところかと存じますれば、皇女殿下の従者に添えるにはいささか――」

と、ルッカブルク卿は素早く矛先を変える。穴蔵《ダンジョン》での遺品漁《ざいほうあさ》りを生業《なりわい》とする身分の卑しき者、冒険者風情《ふぜい》が恐れ多くも皇帝陛下の御息女に目を掛けられ、陛下の御前に参上するにあたって手土産もなしかという誇り。

これはつまり新参者のお披露目《ひろめ》の席で挨拶がてら何か寄越《よこ》せと要求しているようなもので、国同士の交流でならまだ有りと言えるが、個人の従者に対して国家の重鎮が言うような言葉ではない。概ね、大人気ないというか大げさに思われるような内容なのだ。

しかし、それだけに対応も難しい。そっち方面から攻めてきたかと、自分自身の世評《せひょう》を削ってまで落としに掛かるルッカブルク卿に、スィルアッカはまずいなと内心舌打ちする。

冒険者協会の影響力が低いナッハトーム国内において『冒険者コウ』の知名度はあまり高くない。

ゴーレムの冒険者であるという珍しさのみで目立っている状態であり、現時点でコウの有用性を理解している者は、その能力の一端を知るスィルアッカ達だけ。その彼女達でさえ、コウの冒険者としての功績についてはあまり詳しくないのだ。

名のある冒険者を謳《うた》うならば、皇帝陛下の御前に出して恥ずかしくない献上品の一つも用意できて然《しか》るべきという指摘は中々に的確だった。返答如何《いかん》によっては『戦功より珍しい玩具を優先した』というイメージが定着してしまうだろう。

コウが持つ、相手の思考を読み取って敵味方の判別をする能力などはできる限り公にしたくないが、今後宮殿でコウを連れ歩く事に対して早々マイナスのイメージを付けられるのもまずい。スィルアッカはどうにか無難《ぶなん》な返答で躱そうとした。

「戦場で出会って着の身着のままの戦場帰りですから、陛下《ちちうえ》への献上品を期待するのは酷《こく》というものでしょう」

「ああー……まあ、見た目通りという訳ですか」

そう言ってコウに視線を向けつつ肩を竦《すく》めてみせるルッカブルク卿。そのユーモラスな仕草と物言いに、周囲から軽く笑いが零れる。

一方、ターナの隣で『あれは人ではないらしい』と噂されつつ注目を浴びているコウは、自分が手ぶらでこの場に居る事を無作法《ぶさほう》だとして槍玉《やりだま》に挙げられているのかな？　と考えた。

思考を拾った限り、ルッカブルク卿と呼ばれる熟年紳士からはスィルアッカに対する悪意は感じられない。単にスィルアッカの事を認めていないというか、彼女の能力や実力に対して懐疑的《かいぎてき》で、且《か》つ心配しているような心情が感じ取れる。

この人を味方に付けるのは大変そうだが、敵ではない。そんな風に感じたコウは、とりあえず何かお土産になるモノはなかったかなと異次元倉庫を探り、丁度良さそうなモノを幾つかピックアップして近場に寄せると、徐に口を開いた。

「お宝を出せばいいの？」

不意に放たれたその一言は、微《かす》かに笑い心が刺激されていた列席者達のツボにはまったらしく、皇帝の間を覆っていた厳粛《げんしゅく》な空気を破るようにドッと笑いが巻き起こった。

「何か出せるのかね？」

失笑《しっしょう》を装いながらそう応じるルッカブルク卿。そのやり取りに控えめながらまた笑い声が零れる。皆の注目が集まる中、コウはバラッセのダンジョン最下層から持って来た王冠を出してみた。それを『お近づきのしるしにこれどうぞ』とばかりにルッカブルク卿へ差し出す。

細かな装飾と宝石の映《は》える大きな王冠の出現に、控えめな笑いさざめく声の中に何処から出したのかと驚くざわめきが混じる。実はスィルアッカも驚いていたが、己が従者の行動は全て把握していると装う為に、顔には出さない。

「君は冒険者だと聞いていたのだが、どうやら手品師の間違いだったようだ」

皮肉交じりに受け取ったルッカブルク卿は、ふふんと鼻を鳴らすと目利《めき》きをするように眺めていたが、ふと何かに気付いて動きを止めた。

『まさか……』というような表情になり、素手で掴んでいた王冠にこれ以上指の跡をつけないようハンカチでそっと掴み直すと、真剣な顔付きで凝視《ぎょうし》し始める。周りで様子を窺っていた人々もなんだなんだ？　と囁き合う。

娘とルッカブルク卿のいつものやり合いを傍観《ぼうかん》していた玉座の皇帝も、なにか面白そうな余興《よきょう》が始まったぞと目尻に浮かべた皺を濃くしつつ、顎髭《あごひげ》を弄《いじ》りながら興味深そうに成り行きを眺めている。

ルッカブルク卿は自分の従者らしき魔術士風の若者を呼んで、王冠を見せながら何やら耳打ちする。呼ばれた若者は本来こんな場所に立てるような身分ではない為か随分緊張している様子だったが、王冠を観察すると目の色を変えて、興奮したように囁き始めた。

ヒソヒソ声に乗って漏れ聞こえる内容は『カンブリテン呪術式の魔術装飾――』とか『文様《もんよう》の刻み方が現代の主流となっている物の原型――』やら『魔術で鉄板の表面の少し内側を熱で泡立てて浮かび上がらせる独特の技法が使われている』など。

それらは以前コウがバラッセの街の統治者の屋敷で聞いた〝生命の門〟についての考察内容とよく似ていた。研究者の若者は最後に『バーダリク王朝時代のものと推測される。

凄いお宝だ』と締め括《くく》って王冠をルッカブルク卿に返した。途端、ざわめきに包まれる皇帝の間。

「コホンッ……コウと言ったかな。これを何処で手に入れたのかね？」

咳払《せきばら》いをしてコウに向き直ったルッカブルク卿が若干態度を改めながらそう問い掛けると、コウはバラッセのダンジョンで拾って来た事を告げた。卿の傍に控えている件《くだん》の若者が情報を補足してルッカブルク卿を補佐する。

バラッセといえば、世界で初めて集合意識が発見されたダンジョンとして有名だった。最近、〝生命の門〟というダンジョン創成期頃の魔術装置が発見されて異変が起きたとも聞かれる。

魔物を生み出す装置が破壊された事で、ダンジョンとしての価値はなくなったようだが、歴史的な遺産ともいえる建造物が地下深くに見つかって学者や研究者達の間で騒がれている、自分も行きたい――と、最後に願望も付け加える若い研究者。

「あ、あれ壊したのボクだよ」

王冠はその部屋から見つけたもので、〝生命の門〟と同様に歴史的遺産なら冒険者協会に提出しようかとも思っていた。だが、お宝は手に入れた人に所有権が認められているし、戦争の最中で急いでいた事もあり、『まあいいや』とそのまま持っていたのだとコウは言う。

この話には件の若い研究者や、冒険者協会の仕組みに詳しい者が反応した。

「待てよ？　例の冒険者ゴーレムも、確か名は『コウ』ではなかったか？」

「そ、それでは……もしや彼は学者達の間で話題になっているというあの――」

基本、身分の高い人々は冒険者のシステムについてあまり詳しくない場合が多い。それに加え、冒険者協会の影響が低いナッハトームでは情報が斑《まだら》なので、目の前の少年型召喚獣と例の噂に聞く冒険者ゴーレムとが一致しなかったのだ。

スィル将軍が連れ帰って来たのは単独で〝双剣と猛獣〟のメダルを得たあの冒険者ゴーレムだったのかと、皆が驚きを露《あらわ》にする。コウに向けられている注目の視線は、今やこの話題に入った当初に向けられていた好奇の類とは全く性質の違うモノになっていた。

ルッカブルク卿としてはえらいモノを献上されてしまったが、これは下手をしなくても国宝級の宝。個人で所有するには価値が高過ぎるとして、帝国の博物館に寄贈《きぞう》すると皇帝に言上する。

目を掛けている娘がコウのような存在を従者に得た事で、やはり自分の目に狂いはなかったと満足気なガスクラッテ帝は『よきにはからえ』で卿の提案に応じる。かくして、コウの献上品は帝国博物館に収蔵《しゅうぞう》される事となった。

この皇帝の間での一連のやりとりは『スィル将軍の従者コウ』を、どうやら只者《ただもの》ではないらしいと帝国の重鎮達に印象付けた。


「さて、みなの者。此度の戦は我が帝国の行く末に明るい展望をもたらしたと言えよう。我等の巻き返しと快進撃はこれからだ」

ガスクラッテ帝が締めに入り、列席者達は一斉に起立して敬礼の姿勢を取る。戦果報告からその後の余興も含めて概ね満足した皇帝は、スィルアッカに勲章《くんしょう》と褒美を与える事を告げると、これにて閉会とした。

こうして、この日の報告会は無事に終わったのだった。


「上手く立ち回ってくれたな、コウ。どうした、疲れたか？」

「ううん、ちょっと気になる事がね」

——そして、コウの帝都生活が始まるまでには、もう少し時間が掛かる事になる。

（引っ張られる感覚が強くなってる……原因が近い？）

7

皇帝の間を後にしたスィルアッカ達は、報告会の席でコウがチェックした各人物の心情を取り纏めるべく、一旦スィル将軍の私室へと向かう。同時にコウの住む場所や身分など細かい話も詰めていくつもりだ。

スィルアッカ皇女の信頼を得ているとして、コウは婚約者の座を狙う有力家からある程度警戒される身となった。だが、見た目が子供である事や、本体はゴーレムらしいという事から『まあ大丈夫だろう』とそこまでの脅威とは見做《みな》されていない。

寧《むし》ろ、コウと良い関係を築く事ができれば皇女ともお近づきになれて色々得られる恩恵が大きそうだと、仲良くしたがる勢力が増えそうな気配があった。『国宝級の宝をそれと自覚なしに持ち歩いているくらいだしな』と密かに囁かれている。

皇女とその側近の後に続いてトコトコと宮殿の廊下を歩いていたコウは、ある場所に差し掛かった所で特に強く意識を引かれる感覚を受け、足を止めた。視線を向けた先には淡《あわ》い青色の絨毯を敷かれた廊下が伸びている。

「そっちの廊下は離宮に続いているのだが、何か気になるのか？」

不意に立ち止まったコウにスィルアッカが声を掛ける。コウの見つめる廊下が離宮に繋がっている事を教えつつ、今も眠り続けているであろう〝彼〟の事について想いを巡らせる。

皇帝の秘事録にある古い言い伝え。〝異邦の地よりも更に遠く異界より迷い込みし者あらば此れ必ず確保すべし〟という一節。コウには後で〝彼〟に会って貰うつもりでいた。

スィルアッカの思考から〝彼〟という存在を読み取ったコウは、読み取れた範囲でその人物の特徴を意識してみた。瞬間、浮かび上がる断片的な映像。エスルア号が撃墜された時にも見た情景が視界に広がる。

沢山の椅子が並ぶ細長い通路のような場所、揺れる建物の中で大勢の人々が騒いでいる。角の丸まった小さなマドに映る若い男性の顔と目が合うと――

『あれは（これは）……ボクだ（俺だ）』

――ピタリと填《は》まる記憶の欠片。コウは意識が引っ張られている原因を特定した。

「――ウ、コウ？　どうしたコウ」

「……！」

　名を呼ばれている事に気付いてハッと顔を上げると、スィルアッカが怪訝且つ心配そうな表情で覗き込んでいる。コウはしゃがんだターナの膝上に抱えられる格好で彼女の腕に支えられていた。どうやらまた気を失っていたらしい。

「大丈夫か？　急に倒れたので驚いたぞ」

　何処か具合でも悪いのかと問われ、コウは少し考えを巡らせる。欠けた記憶と知識の断片。自分が異世界人であるらしい事などをやはり今ここで話しておくべきだと判断したコウは、自分の事を語り始める。

「ボクね、実はべつの世界から来た人間らしいんだ」

　唐突にそんな告白をされたターナとスィルアッカは思わず顔を見合わせた。

　自身が捕虜達に交じっていた事の経緯については既に話してある。それを予備知識として、コウはエスルア号が撃墜された時からずっと意識が何処かへ吸い寄せられるかのように引っ張られている事、その為にこの身体から抜け出せないでいた事などを話す。

「いま原因が分かったんだ。多分この先にいる、スィル達が〝彼〟って呼んでる人にひっぱられてるんだと思う」

〝彼〟の事を話題に出されて一瞬驚くスィルアッカだったが、すぐに祈祷士リンドーラの言葉を思い出した。精神と意識が抜け落ちている状態だという〝彼〟。対するコウは本来精神体として存在し、あらゆる身体に乗り移って活動できる。

話を聞いた限り、時期を逆算《ぎゃくさん》するとこれまで何の反応も示さず眠り続けていた〝彼〟が魘《うな》されたりした時とも一致する。

「……お前が、〝彼〟の精神と意識なのか？」

「分からない。でもさっき浮かんだ記憶の情景で感じたんだ、ボク達は同じ存在なんだって」

離宮へと続く青絨毯の廊下を見つめるコウ。一度ターナと目配せをしたスィルアッカは、予定を変更して先に離宮へ向かう事にした。

「よし、ついて来い。実際に会って確かめてみるといい」

身分や立場、これから住む場所など、コウに関する課題は案外早く解決するかもしれない。そんな期待を胸にスィルアッカは離宮へと続く廊下を先導する。

絶体絶命の危機を救われた事に始まり、初対面や身内であっても正確に見抜く敵味方の判別能力。あのルッカブルク卿をも宝一つで怯ませた意外性と気転。

〝彼〟がコウとして目覚めたなら、住む場所は今まで通り離宮暮らしで問題なく、他者の目に触れないよう匿っておける。立場や身分も『例の書物』を絡める事で、機械化技術の発展に貢献した者として相応に高い地位を付与できる。

コウをスカウトしてからの短い期間に得られた数々の恩恵によって無意識ながら浮かれていたスィルアッカは、この時の自身の判断が少し慎重さを欠いている事に気付いていなかった。

◆◆◆

ナッハトームとグランダールの国境付近に広がる巨大湖を越えた先には、水源豊かな森林地帯を抱える国、祈祷士や呪術士を多く輩出するエイオアが栄《さか》えている。

エイオアの南にある、グランダールとの国境にある街アルメッセにて、冒険者協会経由でコウのナッハトーム入りを聞いたリンドーラは、『やられた』と彼女にしては珍しく動揺の表情を浮かべていた。スィルアッカ皇女に感じていた機運を引き寄せる強さを実感するのだ。

コウの事情に関してはエイオア評議会も然程《さほど》詳しいところまでは把握していない。だが調べようと動けばすぐに情報が集まる筈だ。リンドーラは帝都エッリアの離宮で見た異世界人については報告を上げているが、〝彼〟とコウの関係については胸に仕舞ってある。それとなく『冒険者ゴーレムのコウ』を自国に呼び込めば有益だと思います――といった論調《ろんちょう》で引き込み工作を促していたのだが、悠長《ゆうちょう》なやり方では手遅れになるかもしれない。

（気は進まないけど、コウの事も報告した方が良いのかしら……）

ふつふつと悩みながら評議会会館アルメッセ支部にやって来たリンドーラは、会議を行う祭壇の間へ足を向けた。

評議会会館には特殊な通信用祭壇が備え付けられており、エイオアの主要な街にある全ての祭壇を音と映像で繋ぐ事によって擬似《ぎじ》議会を開けるようになっている。

各街を管理する幹部達は、自分の担当する街に居ながら首都の中央評議会に応対する事ができるのだ。

それぞれの街から祭壇の間がそのまま映し出されて一堂に会するので、音と映像だけながら異様に広い議会場での議論は圧巻である。この通信用祭壇のお陰で議会決定の周知など、エイオア国内における情報伝達力は抜きん出ている。

ちなみに通信用祭壇は古代遺跡から発見された〝転移装置〟を解析して独自に組み上げられたもので、参考にされた〝転移装置〟の本物は首都の評議会本部宮殿に保管されている。

古代遺跡で見つかった転移装置自体はエイオアで明確にその稼動が確認された事はあるものの、不安定な上に制御も利かない状態。当然、実用には至っていない。

グランダールでも〝転移装置〟はまだ実験段階にあり、トルトリュスの迷宮に突如現れた沙耶華の素性《すじょう》に転移事故云々を連想されたのも、実はこの辺りの事情が絡んでいたのだった。


この通信は、特殊な呪術式が付与されている四本の柱に囲まれた円形の壇上に立ち、結界を構築する事で、他の街の通信用祭壇に構築された結界と共鳴して風景や音が繋げられる仕組みだ。

四本の柱と円形の壇という同じデザインをした通信用祭壇がずらりと並ぶ広い空間に、新たな祭壇が現れた。壇上に立つアルメッセの代表者と、祭壇の起動を担当する妙齢《みょうれい》の女性祈祷士がこの擬似議会場に居並ぶ各街の代表者達に一礼を捧げる。

「おぉ、どうやらアルメッセの代表も来たようだ」

「全員揃ったようですな」

「では、今日の会議を始めるとしよう」

エイオア評議会本部宮殿から繋いでいる中央のひと際大きい祭壇に立つ議長が、開会を宣言した。

会議の内容はやはりナッハトームとグランダールの衝突について。機械化技術の発展に伴うナッハトーム帝国の軍事力拡大と、それによる覇権主義復活への警鐘が最重要課題として一番に挙げられる。

ナッハトームが今後どう動くか分からないので、エイオアとしても警戒するに越した事はないという意見が大勢を占めていた。

「評議会としてはグランダールとの協調を深める方針でいきたいと思う」

「賛成の者は右手の挙手を」

採決が行われ、賛成多数で今後のエイオア評議会における方針が定められた。その後、会議の席では幾つかの案件が挙げられては、その場で対処を決定したり保留にしたりと議題が消化されていく。

そんな中、エイオア評議会本部宮殿の席に身を置く呪術士の一人から、グランダールで限定公開されていた〝生命の門〟を詳しく研究する為、調査団の派遣と受け入れ要請の打診が提案された。

〝生命の門〟に関する研究者達の関心は高く、知的探究心の強い者の多いエイオアにおいてこの提案には皆が賛成を示し、後日エイオア政府としてグランダールに申し入れがなされる事となったのだった。

◆　◆　◆

同じ頃、グランダールの王都トルトリュスにあるアンダギー博士の研究所では、レイオス王子やガウィーク隊の皆が、エスルア号の船長達から聞いたコウの伝言について話し合っていた。

「スィルアッカ皇女は将来両国の和平を望んでいる、か……」

「まあコウがそう言ったのなら、まず間違いないでしょう」

「コウは相手の思考を読んどるという話じゃからなぁ」

レイオス王子の呟きにガウィークが意見を述べると、アンダギー博士が補足した。

国家に対する冒険者の立場は原則として中立だが、個人や集団が特定の国家や有力者に肩入れするのは珍しい事ではない。

コウの乗っていたエスルア号が撃墜されたという一報を聞いてから心配そうにしていたカレンをはじめ他の隊員達も、無事なら良いとコウの選択に理解を示している。

しかし、明確にグランダール寄りであるガウィーク隊から作戦遂行中に敵国に与《くみ》する隊員が出た事は、風評的に問題がある。

「捕虜の解放を条件にしたという証言もありますし、コウにも思うところがあったんだと思いますよ」

「やはりその辺りを指して擁護《ようご》するのが妥当か」

レイオスはコウの事でガウィーク隊に悪評《あくひょう》が立たないよう取り計らい、グランダールの軍上層部で挙がっているナッハトームへの報復遠征案に関しては慎重な姿勢を示す立場で行く、と方針を固める。

「後はロゼスとスアロにも相談して調整するとしよう」

「……え、普通そっちを先にしない？」

何気に弟王子を後回しにしているレイオスの呟きに、沙耶華が突っ込んだ。他人行儀さを感じさせない口調は、二人の距離が以前よりも近付いている事を思わせる。

「一応話は通してあるがな、処置を決める前にガウィーク達の意見を聞いておきたかったのだ」

そう言っていつもの野性味混じりな笑みを見せたレイオスは、沙耶華の額にキスを落として王宮群へ戻っていく。

己の好意を沙耶華が受け入れる傾向を見せ始めた事で気持ちに余裕ができたせいか、会うごとにアピールしていたレイオスも落ち着き、随分リラックスして接している。

これはこれでまた何かの火種にはなりそうだと、皆は密かに二人の様子を観察しつつ、今後の成り行きを見守っているのだった。

◆　◆　◆

エッリア宮殿から長い廊下を渡って離宮に案内されたコウは、その一番奥にある部屋で一人の若者と対面した。

ターナと同じような鋭い気配を持つ者が混じる数人の使用人達を部屋の内と外に控えさせ、スィルアッカはコウが〝彼〟を目覚めさせる事を期待しながら様子を窺っていた。たとえ〝彼〟がコウとして目覚めなくとも、何かしら〝彼〟に関する情報が掴める筈だと。

しかし――

「⁉　コウ！」

静かに眠り続けている黒髪の青年を前に、ぐらりと身体を傾かせてベッドに倒れ伏すコウ。そのままずるずると床に滑り落ちるところを、先程のように気を失うような事があるかも知れないと予測していたターナが支える。

だが、支えた腕の中で光を放ち始めたコウの身体は、そのままスーッと消え失せてしまった。召喚が解除されたのだ。

「これは一体……」

「っ！　スィル様、〝彼〟が……っ」

コウが消えてその場に転がり落ちた召喚石を見つめながら、焦燥《しょうそう》を浮かべて呟くスィルアッカがターナの声に顔を上げる。その視線の先で二度三度と身じろぎした〝彼〟が、擦《かす》れた声で呻きながら目を開いた。

「うぅ……ど……こだ…………ここ」

スィルアッカにはよく聞き取れなかったが、確かに何か言葉を発した〝彼〟は、すぐまた気を失うように眠りについた。直《ただ》ちに〝彼〟の生命維持と覚醒処置に携わってきた医療関係者が呼ばれ、健康状態その他の診察が行われる。

結果——命に別状は無く、恐らくは疲労による二度寝状態にあるようだと結論付けられた。

「かなり安定していますね。私にはぼんやりとしか分かりませんが、魂の存在しか感じなかった身体に精神の気配を感じます」

お抱えの呪術士に〝彼〟が遠からず自然に目覚めるであろうと告げられ、スィルアッカは幾分ほっとした表情を見せる。コウから聞かされていた話では、精神体が吸い寄せられるように引っ張られているとの事だった。

「本体の傍に近付いた事で吸い込まれてしまったのかもしれないな」

召喚獣やゴーレムという疲れも痛みも知らない身体から本来の肉体に戻った事で、それまで感じていなかった疲労感が一気に押し寄せて倒れてしまったのだろう。

先程一瞬目覚めた時に感じた〝彼〟の雰囲気に若干の悪い予感も覚えつつ、手の中に残されたコウの召喚石を見つめながら、スィルアッカはそんな風に考えていた。

◆◆◆

次に〝彼〟が目覚めたのは深夜になる頃であった。そして、スィルアッカの悪い予感は当たってしまう。

「えーと……コウ？　私が分かるか？」

「…………？」

〝彼〟が目覚めたという報せに飛び起き、奥部屋に駆けつけたスィルアッカは、ベッド上で半身を起こして呆然としている様子の若者に声を掛ける。だが返って来たのは聞き慣れない響きを持つ言語――恐らくは異世界の言葉と、他人に接する時のようなよそよそしい態度。

言葉が通じない。しかも自分達の事が分からないらしく、戸惑っている素振りが見られる。これにはスィルアッカも困ってしまう。

「参ったな……どうした事だこれは」

「呪術士の話では、腕利きの祈祷士でもなければ意思疎通《そつう》は困難との事ですが……」

京矢《きょうや》は目が覚めて暫く混乱していた。少し落ち着いた今はひたすら困惑している。

(なんだこれ……確か飛行機が墜落して海に投げ出されて……それからどうなったんだ？ここって、外国の病院じゃないよな？)

メイドっぽい格好をした女性は看護師だろうか。宣教師が着ている服に似た姿の年配者は医者なのか。今しがた慌てた様子で部屋に飛び込んで来た、目のやり場に困る薄い衣姿《ころもすがた》の若い女性は何者なんだろうか。

彼等はしきりに何か話し掛けて来るのだが、まったく言葉が分からない。何処かの高級ホテルにある一室のようなこの部屋は、とても病室とは思えない。ここが何処なのか、なぜ自分はここに居るのかサッパリ分からないでいた。

——おーい——

（いや、でも何処かの発展途上国とか、孤島みたいな所とかなら、こういう病院もありうる？）

——おーい、おーい——

（けど、この人達はどう見ても欧米人っぽい感じだし……ちょっとインド系っぽい感じもしなくもないけど……）

部屋の一角で何やら話し込んでいる薄い衣を纏った赤毛の女性とメイド服っぽい姿の女性、数人の女性が壁際に控えている様子を横目に、彼女達は何者なんだろう？　と疑問を浮かべる京矢。

先程から『気のせい』にして無視していた頭の奥に響く声が答える。

——あの二人は、赤い金髪の方がスィルアッカで、話してる相手はターナトーリアって言うんだよ——

「……スィルアッカとターナトーリア？」

ぽつりと呟かれた京矢の言葉に、件の二人が反応する。だが彼女達は京矢に話し掛ける事ができなかった。

「ああああ！　さっきから何なんだよっ、人の頭ん中で当たり前みたいに喋《しゃべ》りやがって！　なんか取り憑《つ》いてんのかこれっ！」

──どちらかと言えば戻ってきたんだけどね──

「訳分かんねぇ！」

◆　◆　◆

突然頭を抱えて喚《わめ》き始める〝彼〟に驚いたスィルアッカ達は、すぐさま呪術士に鎮静術《ちんせいじゅつ》を行使させる。暫くぶつぶつと呟いていた〝彼〟は徐々に落ち着きを取り戻すと、やがてそのまま眠りについた。ホッと肩の力を抜くスィルアッカ達だが、そこへ一抹《いちまつ》の不安が去来する。

「まさか、あの祈祷士《リンドーラ》が言っていたように、別の何かが入り込んでしまったのではあるまいな？」

「申し訳ありませんが、私の力では測り兼ねます」

とにかく今は〝彼〟が落ち着くまで様子を見守るしかない。長い間眠り続けていた事を考慮すれば、体力も相当に落ちている筈だ。起きて活動できる時間も限られる。まずは体力作りから始めなくてはならないだろう。

「いきなり〝彼〟と会わせたのは、少し軽率だったかもしれん」

「スィル様……」

コウの有能さに少々舞い上がっていた事を反省するスィルアッカは、眠る〝彼〟の傍に寄ると、何気なくその手に召喚石を握らせた。もしできるなら〝彼〟の身体からもう一度コウに戻って来て欲しいという想いが、そんな行動を取らせたのかもしれない。

リンドーラがこの場に居れば、スィルアッカの持つ『機運を引き寄せる力の強さ』を改めて実感しただろう。〝彼〟の手に握られた召喚石が仄《ほの》かに輝きを纏うと、空中に光の文字が出現した。装飾魔術を使った文字によるコミュニケーション法。コウの十八番だ。

「っ！　コウか⁉」

〝ボクだよー〟

召喚石を通して届けられたコウからのメッセージは、〝彼〟の名前と今現在の状態、コウが京矢の中に戻った事で発生した問題について伝えていた。

8

古ぼけた祭壇の傍で目覚め、蟲《むし》や小動物に憑依を繰り返してダンジョンを彷徨《さまよ》い、自分を視《み》る事のできる人との出会いをきっかけに多くの人々と関わり合った。やがて地上へ飛び出し、街を渡り歩き、様々な経験を積んだ。

『そうか……それがお前なのか……』

――ボクは君の可能性の一つなんだと思うよ――


取り乱した京矢が鎮静術で眠りについてから一夜明けた昼下がり。夢の中でコウという存在と記憶のすり合わせが行われた結果、三度《みたび》目覚めた京矢は比較的落ち着いた様子で、スィルアッカ達と向き合っていた。

長く本体から離れて活動していたコウは既に『コウ』としての自我が形成されるにまで至ったうえ固定化しており、本体である京矢の心の中では異物として負荷《ふか》を生み出している。

心の中に存在する別人格と記憶に、違和感を覚えて慣れない本体《京矢》。放って置いても自然に消える可能性はあるが、その前に負荷でどうにかなりそうだというのが京矢の現状であった。

京矢が握る召喚石を通して伝えられたコウからの文字メッセージで、スィルアッカ達も事態を把握する。

「そういう事だったのか……」

やはりコウをいきなり会わせたのは軽率だったと、改めて反省したスィルアッカは、なんとか分離できないだろうかとお抱えの呪術士を交えて話し合う。しかし、精神の移動など心の深遠《しんえん》に干渉するような分野は、お抱えの呪術士にとっても専門外で荷が重い。

彼等からは、そういった降霊術《こうれいじゅつ》の類は祈祷士の方がより精通しているので、得意な者も多いのではないかと進言された。

「祈祷士か……」

「また、エイオアから呼び寄せますか？」

エイオアの祈祷士で最初に思い浮かぶのは京矢の状態を一目で見抜いたリンドーラだが、彼女には何か隠し事をしている節が見られるので、京矢とコウの事は知られたくない。スィルアッカ達がそんな事を思っていた時――

〝リンドーラさんなら力になってくれると思うよ〟

――スィルアッカ達の思考から、リンドーラの名と彼女に対する疑惑の想いを読み取ったコウが、フォローと提案をした。

「あの祈祷士と面識があるのか？」

〝リンドーラさんは初めてボクをみつけてくれた人だよ〟

バラッセのダンジョンで魔獣犬に憑依していた時の出会いを掻い摘んで説明するコウ。リンドーラは魔獣犬の中に居たコウの存在を見抜き、祈祷士のアミュレットという貴重な品を預け、コウが人と接する機会を大いに増やしてくれた人物でもあるのだ。

「そうだったのか……」

コウのお墨付き《すみつ》きなら信用できる。そう判断したスィルアッカはリンドーラを呼んで彼女に相談する事を決めた。現在ナッハトームはグランダールとの休戦交渉に動いており、グランダールも応じる構えを見せている。

まだ戦時下にある今、エッリア宮殿には各支分国から王族や大使達が多く集まっているが、休戦に入れば半数近くは帰国してしまうだろう。国内が通常体制へ戻る前にコウの能力で彼等を見定め、今後敵となるか味方となるかを見極めておきたい。

その為には一刻も早くこの事態を解決しなければならないのだ。

コウが光文字でスィルアッカ達と話している間、京矢はただ静かに心の奥に向けて意識を集中させていた。

自分の中に生きる別の存在、自分の可能性の一つだというコウ。元が同一であった為か、コウに意識を向けて集中すれば、コウの持つ知識や思っている事が何となく分かる。

知らない筈の事を何故か知っているかのような、既視感《デジャビュ》をもっと強くした違和感。スィルアッカ達の話している言葉やコウの描き出す文字が何を表しているのかなどは相変わらずサッパリ分からないが、コウの意識から大体のニュアンスを感じ取れる。

夢の中でコウと記憶のすり合わせが行われた時、ある程度まで落ち着いて受け入れる事ができたのは、その記憶の中に自分と似た境遇の人物が居たからだ。今はグランダールという国で割と平穏に暮らしているらしい、沙耶華という名の日本人だった。

「はぁ……日本語が恋しい」

何でもその国の王子様に見初《みそ》められたそうだが、一度会って話をしてみたいなぁとこっそり溜め息を吐く京矢なのであった。

◆　◆　◆

そんなやり取りがあってから四日後、急遽エイオアから呼ばれた祈祷士リンドーラは、十数日振りにエッリア宮殿の離宮を訪れていた。

アルメッセの街に潜んでリンドーラの動向を監視していたナッハトームの密偵が、使者を名乗って彼女に接触。その後は半《なか》ば攫《さら》うような勢いで機械化輸送戦車や機械化自走船を駆使して巨大湖を渡り、昼夜を問わず荒野を駆け抜ける強行軍で呼び寄せたのだ。

当初、アルメッセの街の路地で『至急コウの事で助けが要る』と言われてナッハトームへの同行を要請されたリンドーラは、コウと異世界人の関係を知る自分の口封じに来たという可能性も視野に入れて警戒していた。

少々強引だが迅速且つ丁重に、そして秘密裏《ひみつり》に、恐らくはナッハトーム軍の持つ機動力を最大に使った輸送態勢。それを訝しみ、面食《めんく》らいながら再び離宮の奥にある部屋へ招かれた彼女は、そこで意識の戻った異世界人、京矢と顔を合わせた。

「これは……」

「分かるか?」

京矢の中にコウの存在を感じ取り、遂に本体への帰還を果たしたのかとナッハトームの脅威増大を懸念したリンドーラだったが、京矢《コウ》に話し掛けようとして違和感に気付く。

「彼は……コウではない……？　でも確かに……」

〝リンドーラさーん〟

コウの気配は感じるものの京矢は明らかに別人であると認識したリンドーラが戸惑いの声を上げた時、京矢の握る召喚石から光の文字が浮かび上がった。


「なるほど、そんな事になっていたのですか」

コウから直接、光の文字と思考の交感による説明を受けて状況を把握したリンドーラは、内心コウの情報をまだ評議会に報告していなかった事にホッと胸を撫で下ろす。

エイオア評議会としてはナッハトームに対する立場を変えられないが、コウがスィアッカ皇女の事をそこまで買っているなら、徒《いたずら》に脅威論を強調して不安を煽る事はない。


「貴女の力でコウとキョウヤを何とか分離する事はできないだろうか？」

「そうですね……条件次第では可能かもしれません」

少し調べさせて頂きますねと祈祷術を行使し、リンドーラは京矢と向かい合った。コウと京矢がどの程度融合《ゆうごう》し、また独立した状態を保っているのかを精神エネルギーの質や量で推し測るのだ。

その結果、コウはいわば京矢が『記憶喪失状態に陥《おちい》った場合に生まれたかもしれなかった人格』である事が判明した。

何故そうなったのかは不明だが、まず元々の肉体から離れて精神のみがダンジョンで目覚めた。その特殊な状況が精神の無垢《むく》さを保ち、本来の身体に影響を受ける事もないまま『コウとしての意識』が確立されていった。

子供のような幼い反応を示す性格と、分別ある理性的な思考に見られる精神年齢のちぐはぐさは、京矢の知識をベースに人格を形成しつつ、目覚めたばかりであるコウの幼い意識が混ざった為のようだ。

「私の問い掛けが分かりますか？　キョウヤ」

「えーと――わかる、おもい、つたわる、コウから」

根源部分でコウと繋がっているので、京矢も集中すればコウの持つ知識や経験をある程度まで自分の知識として扱う事ができる。京矢はかなりの片言だが、リンドーラの問い掛けにこの世界の言語を使って応えた。

上手く伝わらない部分はコウが意識の奥からや光文字などで直接フォローしてくれるので、手探りながらも京矢とリンドーラの対話は比較的スムーズに行われた。そうして幾つかの質問などで京矢とコウの在り方を確認したリンドーラは、結論を下す。

「分離は可能です」

「おおっ、できるのか」

身を乗り出すような勢いで期待の眼差しを向けるスィルアッカに、リンドーラは現状を説明する。

京矢はコウの存在を自身の心から分裂した『部分』であり、自身の『分岐的存在』として認識した。それによってコウは根源部分を京矢と共有しながらも京矢の中に取り込まれる事なく別人格として同時に存在している。だから、根源部分を完全に切り離す事は無理でも『コウの部分』のみを抽出《ちゅうしゅつ》して別の入れ物に移す事はできる筈。

具体的な方法としては、コウが入っていた召喚獣の召喚石が残っているので、まずこれを起動させて暫定的《ざんていてき》なコウの入れ物に使う。

本体である京矢がリンドーラの祈祷術による精神介入に協力し、『分離したコウの存在を容認する』という精神的な〝蓋《ふた》〟を設け、コウを再び取り込まれないように処置を施すのだ。

「何か準備に必要なモノは？」

「いえ、特には。条件は全て揃っていますので、すぐにでも儀式に取り掛かる事はできます。後はキョウヤ自身の決意だけですね」

ベッドに半身を起こす格好で座ってボケーッとしている京矢と向かい合い、腰を落として目線を合わせたスィルアッカがゆっくりと語り掛けた。

「キョウヤ、お前にとっては突然の事でまだ戸惑っているだろうが、どうか聞いて欲しい。私にはコウの力がどうしても必要なのだ。我が国でのお前の生活は私が保証しよう。お前とコウを分離する為、リンドーラの儀式に協力してはくれぬか？」

「いいことで、ことわらないりゆうも、ないことに」

〝『いいですよ、断る理由もないですし』って言いたいんだよー〟

京矢の変な返答とコウの光文字によるフォローでちょっと噴き出しそうになりながら、『そうか』と嬉しそうなスィルアッカ。その笑顔にちょっとドキリとした京矢は、コウに筒抜けである事を思い出して平静を装った。それも筒抜けなので意味はないのだが、気分の問題だ。


本人達の同意が得られた為、精神分離の儀式を試みる事になり、人払いがされた部屋には必要最低限の者だけが残った。

コウの魔力で長く使われていた召喚獣の身体は、コウ自身が馴染んでいるので、それを使えば成功率を上げる要素になる。リンドーラはそう説明すると、京矢から受け取った召喚石に魔力を流し込んで、石に刻まれている召喚獣を喚び出した。

召喚石から溢れ出る光が人の姿を形作り、やがて一人の少年を出現させる。数日ぶりに〝少年コウ〟の姿を目にしたスィルアッカが安堵にも似た想いに表情を崩すが、すぐに気持ちを引き締める。

この現象を目の当たりにした京矢は、コウの記憶から知識として知ってはいたものの、生まれて初めて見る本物の魔法に驚きを隠せない。

自分が本当に異世界に居るのだという事を強く実感する――だが、京矢にとって〝別世界〟に関する驚きはそれだけで済まなかった。

「……え？　いまはなに？」

〝『え？　今なんて？』って言ったんだよー〟

リンドーラから示された儀式の方法に思わず京矢が聞き返し、コウが交信用に用意された別の魔術触媒でフォローする。

召喚獣の中へ吐き出す形で京矢からコウを分離する。その方法として口移しを使う――リンドーラはそう言ったのだ。

ベッドで隣に横たわる少年型召喚獣を前に混乱している様子の京矢をよそに、召喚獣の状態を調べていたリンドーラは『あら？』と何かに気付くと、再び魔力を通して調整を図った。

人型の召喚獣が身に纏う衣服は、それ自体も召喚獣の外観を繕う身体の一部である。幾つか種類が登録されていれば、魔力の接続を切り替える事で簡単に変更する事もできる。勿論、普通に人の着る服で着せ替えをする事も可能だ。

少年型召喚獣に登録されている外観の衣服は、グランダールで一般的な街服と貴族服、それに女物のドレスが一着混じっている。これは元が女性型召喚獣だった名残《なごり》であり、アンダギー博士が面倒だからと書き換えずに放置したものだった。

「ちょっ、姿はドレス！　なぜっ」

「雰囲気出るかなと思いまして」

しれっとそんな事を言うリンドーラに、京矢は片言ながらツッコんだ。

「だす、ない、よいのこと」

〝『出さなくていいです』って言ってるよー〟

ぼんやりとベッドに横たわる、ドレスを纏った黒髪の少女……に見える少年型召喚獣。元が奉仕用に作られた女性型召喚獣の人気モデルであるだけに、その容姿は可愛らしくも美しい。少女と女性の中間に当たる、独特の雰囲気が醸し出されている。

(こ、この子にキスするのか……？　みんなの見てる前で……？)

精神介入の術に集中している祈祷士リンドーラと、少し下がって儀式の様子を見守っている皇女スィルアッカ。その後ろで静かに控える側近の侍女ターナトーリア。他、ターナの直属らしき侍女と使用人が数人、部屋の壁際に並んでいる。

ごく普通の一般人である京矢は、他人の気配を読み取るような特殊な技量など持ち合わせていない。だが、それでも分かる。この部屋にいる皆から注目を向けられている事が。興味深そうな視線をひしひしと感じるのだ。

単に、テンパった精神状態からなる自意識過剰《かじょう》がなせる錯覚《さっかく》かもしれないが。

「あ、もしかしてキョウヤの国では接吻《せっぷん》が重要な意味を持つのか？」

随分と躊躇する様子を見せる京矢に、スィルアッカが心配して声を掛けた。宗教的な理由などで接吻に重大な意味を持つなら、別の世界に来たのだから改宗する方が良いのではと彼女は言う。

ナッハトームは性に関して大らかというか、よその国からは節操《せっそう》がないと揶揄《やゆ》され兼ねないほど奔放《ほんぽう》なところがあった。もし京矢が貞操観念《ていそうかんねん》の高い国出身だったのであれば、今後の生活にも色々と配慮《はいりょ》を検討しなければとスィルアッカは考える。

『極めて個人的な理由です』とコウに伝えて貰った京矢は、ここは腹を括るしかないと覚悟を決めた。皆に見られるのが恥ずかしいからと尻込《しりご》みする方がもっと恥ずかしい。

恥ずかしさで言うならここ数日の間に教えて貰った自分自身の境遇の方が、遥かに高い威力を誇っていた。

古い遺跡で倒れているところを発見されたらしいのだが、こちらの時間でおよそ一年この奥部屋で眠り続けていた間、あらゆる生命活動のお世話を使用人のお姉さん方にして貰っていたのだ。

流動食の摂取《せっしゅ》や身体を拭くといった事から排泄《はいせつ》の処理に至るまで、それはもう赤ん坊の世話をするが如《ごと》くである。恐らく見られていない箇所はないだろう。

とにかく、コウと分離しなければ精神的な負荷がキツくて普通に過ごすのも厳しく、色々と世話になっているスィルアッカ達も困る。よしっと気合を入れた京矢は横たわる召喚獣をそっと抱き起こすと、横抱きにして顔を近づけた。

体温は高めでちゃんと呼吸もしており、僅かに開かれた小さな口から吐息が聞こえる。幼さの残る容姿とぼんやり見開かれた虚《うつ》ろな瞳に何だか背徳的《はいとくてき》な感覚を刺激されながら、そのふっくらとした唇に自身の唇を寄せていく。

「あ、舌は入れなくても大丈夫ですよ」

「入れません！」

集中していた為か、コウのフォローが必要ないほどスムーズな現地語でツッコめた京矢であった。

気を取り直して口付けた瞬間、京矢は身体中に電流が走るような衝撃を感じた。苦痛がある訳ではないのだが、まるで血液が猛烈な勢いで全身を駆け巡るような、興奮状態にも似たなんとも形容しがたい躍動感《やくどうかん》。

耳鳴りに混じって聞こえるリンドーラの『そのまま結合を維持してください』という指示に従い、抱き寄せた召喚獣の身体をしっかり支えて接吻を継続する。時折喉を鳴らす音が聞こえるが、とりあえず今は気にしない。

やがて意識が浮き上がるようなふわりとした感覚に包まれると、胸の辺りから何かが流れ出ていく感触があった。船の甲板上に束ねられたロープが凄い勢いで海の底に向かって伸びていくようなイメージを想い浮かべながら、京矢はひたすら体勢の維持に努めた。

「貴方とコウを隔《へだ》てる蓋を設けます。コウの事を強く意識してください。コウはキョウヤの事を」

京矢とコウがそれぞれ別個に存在する人間であると互いに意識する事で明確に人格を選《よ》り分け、そこに精神介入の祈祷術によって楔《くさび》を打ち込む。これが〝蓋〟である。

暗示のようなモノだが、両者の了解の下に立てられた楔は精神領域での境界線を示す標識として深層意識から認識される。この蓋は両者の意識が無差別に混じる事を防ぎ、京矢の人格とコウの人格を根源から枝分《えだわ》かれした状態で確立させるのだ。

「――……はい、もういいですよ。処置は無事に済みました。これでコウがキョウヤに吸い込まれる事はなくなる筈です」

リンドーラの声にホッとしながら『肉体結合』を解除する京矢。長い接吻の影響で口元から引いた糸は、素早くシーツで拭き取って素知らぬ顔をする。壁際の使用人さん達からの視線も気にしないいー気にしないーと頬が熱くなるのを誤魔化していた京矢だったが――

「――はぁ……そういえばボク、男の人から口にちゅーされるのって初めてだよ」

まだ横抱きにしていた、ドレス姿の黒髪の少女にしか見えない少年型召喚獣のコウが、ほんのり上気した頬に潤《うる》み掛かった瞳で見上げながら、先程まで口付けていた唇を指でなぞってみせた。

ちなみに『上気した頬』や『潤んだ瞳』はこの召喚獣《からだ》の仕様上の機能であって、コウの意思とは関係なく肉体への干渉で発動する演出効果である。コウの記憶知識により一応その事も知っている京矢だが、想像するのと実際に見るのとでは結構違うものだ。

壁際の使用人達の視線が一層強まり、コウが戻った事を確認して喜んだスィルアッカは何となく声を掛け辛そうな雰囲気を纏いながら、今後の予定等をターナと話し合っている――ちらちらと京矢に視線を向けながら。

とりあえず、京矢はベッドに備え付けられている大きな枕に頭を突っ込んでジタバタした。

こうして、コウと京矢は見た目も性格も年齢も別人に見えるが、実質『魂の双子』と呼べる存在として、それぞれ別々にこの世界で生きる事となったのであった。

9

リンドーラが帰国の途に就き、グランダールとの休戦協定が結ばれる兆《きざ》しが見え始めた今日この頃。エッリア宮殿では噂の冒険者ゴーレムである従者コウを引き連れたスィルアッカ皇女が、各支分国の王族や大使達と個々に歓談《かんだん》する姿が垣間見られた。

戦果報告の日から従者コウの姿が暫く見られなかったのは、急激な環境の変化で体調を崩し、離宮で療養していたからという事になっている。京矢についてはまだ公表されておらず、最近目覚めたというのも離宮に勤める一部の人間しか知らない。

国内が落ち着き、コウの敵味方判別による人材選定巡りが一段落してから、それとなく機械化技術発展の貢献者として京矢の存在を発表する予定だ。

それまではスィルアッカ皇女が離宮に住まわせている『謎の客人』という立場で、なるべく素性を隠しておく方針がとられていた。

◆◆◆

全体的に白っぽい砂色の建物が連なり、とにかく砂に覆われている雰囲気が特徴であるナッハトームの街並み。水源に近いエッリアはそれ程でもないが、砂塵が入り込まないよう低い建物には窓が少なく、形や構造にも工夫がされている。

住人が窓から外の景色を眺めるといった光景は、相当高い建物の上階にしか見られない。

「水の――問題か」

「ちかくに建てないとつごうが――けど、ちかくに建てると――があるんだって」

離宮の屋上から帝都エッリアの街並みを眺めながら、コウと京矢は語らう。二人が会話をする時はこの世界の言葉と日本語が混じり、更に言葉が省略されたりするので、傍で聞いていると訳が分からず、まるで暗号を使った会話のように聞こえる。

言葉が省略されるのは、思考を部分的に共有して内容が直接イメージで伝わり、わざわざ言葉にする必要がないからだ。別個の存在として分離した二人だが、根源部分は一つであり、互いの意識は深層で繋がっている。

お互いに意識を向け合う事で、精神領域に楔として打ち込まれた境界線〝蓋〟を越えずに、相手の領域へある程度の干渉を行える。少々変則的な以心伝心《いしんでんしん》を実現しているのだ。

会話の全てを意識の伝達のみで行う事も可能だが、やはり言葉での会話は生きていく上で必要だ。京矢もコウも人間である以上、人としての感覚で『言葉を使っての会話』は大事にしたかった――人でなくなればどうなるか分からないが。

今二人が話題にしていたのは、機械化技術の発展に伴う水の汚染問題だ。

技術の秘匿《ひとく》を維持する上で兵器工場を街の近くに建てなければ都合が悪いのだが、街の近くに建てると水源汚染の問題があって工場を増やす事が憚《はばか》られる。

しかし工場を増やさなければ軍の機械化部隊を満足に維持できない。スィルアッカ達は、何処で妥協すべきかという悩みを抱えているらしい。

「技術を盗みに来る奴って、やっぱマーハティーニって所からなのか？」

「スィル達はそうおもってるみたいだよ」

「ふーん……ナッハトームって昔のソ連みたいだけど、あんまり結束してない国なんだな」

「みんな一番になりたいんだよ」

マーハティーニは豊富な鉱山資源を背景に、その資金力をもって帝国内での勢力を伸ばしている。恐らくナッハトーム帝国の中では最もお金持ちの国と言えるだろう。

食糧事情と水の問題、それに今は機械化兵器による軍事力の差で、宗主国の座こそエッリアに一歩譲っている形だが、機械化兵器の生産に必要な資源産出はマーハティーニが一手に握っている。

スィルアッカからは策略家の狸親父と評されているレイバドリエード王の政策で、高給と高待遇を餌《えさ》に、以前から帝国中から呼び集めた多くの技術者を囲い込んでいた。その上で鉱山の効率的な採掘に必要だとしてエッリアに機械化技術の提供を求めるなど、着実に国力の増強を図っている。機械化技術、特に兵器関連技術の流出はエッリアにとって死活問題なのだ。

「ま、俺は一般人だしその辺りは傍観するしかないけど、やっぱり世話になってる国には頑張って欲しいわな」

「しかつ問題だもんね」

そろそろスィルアッカ達が日課の公務を済ませて迎えに来る頃だろうと、二人は建物の中に戻る。すると丁度、廊下に差しかかったところでこちらに向かって歩いてくるスィルアッカとターナを見つけた。

「コウ、キョウヤも一緒か。また街の様子でも眺めていたのか？」

「こんちは」

「ちょっとむずかしいお話してたんだよ」

最近の二人は、コウがスィルアッカ達と宮殿内で偉いさん巡りをしている間、京矢は離宮の奥部屋で言葉の読み書きを勉強したり、各国の風習や情勢など、この世界に関する知識を学んだりしている。

コウが今まで見聞きしてきた記憶による補整がある為、京矢の異世界学習は比較的スムーズに進んでいた。

「グランダールとの休戦が決まった。ついてはキョウヤ、近く調印式の為に国境地帯の砦に行くので一緒に来ると良い」

宮殿を空《あ》ける事になるのでその間に『謎の客人』に探りを入れられないよう、連れて行くのだ。調印式を終えて帰国する頃には、エッリアに集まっている各支分国の大使達は半数以上が自国に戻っている筈なので、そのタイミングで京矢の事を発表するのだという。

例の書物に関しては京矢から既に『あれは異界の兵器を記した書の類ではなく、ゲームの攻略本と解説本である』という事を話してある。ゲームが何かは、あまり上手く伝わらなかったが。

本に描かれている兵器類はほぼ架空《かくう》のモノだが、実在する兵器がモデルになっていて、現在のナッハトームが誇る機械化兵器は良い感じに京矢の知る現代兵器に似ている事なども伝えていた。

兵器類の進化によって戦術も大きく変わっていった歴史など、一般人が知る程度の浅い知識だが披露しており、魔導兵器を導入したグランダールの戦術変化に通じる部分があると、スィルアッカは興味深そうに聞いてくれた。

機械化戦車の構造を見るに、本に描かれてる絵では伝わらなかったらしい『無限軌道《キャタピラー》』についての京矢の何気ない指摘が、新型機械化戦車や新型滑走機開発構想に繋がったりもしていた。これによって京矢は『単に異界の書物を読めるだけでコウのオマケ』というような扱いにはならず、スィルアッカから一定の信頼を得ていた。

「それじゃ俺はまた部屋で待機してるよ」

「うん、また後でね」

「では行くか。今日の相手は北西にある小国の王子だが、マーハティーニに近い国だから向こうとの繋がりがあるやもしれん相手だ」

しっかり意識調査を頼むぞと発破《はっぱ》をかけると、スィルアッカはいつものようにコウをターナの隣へ従えて宮殿の広間へと向かう。コウを連れたスィルアッカ達のやりとりは、コウと意識の繋がりを持つ京矢も大体把握していた。

京矢が部屋で特に何もする事がない時などは、離宮内を散歩して気分を紛らわせる他に、コウの意識から情報を読み取って暇《ひま》を潰したりもしている。

年頃の若者という事で、退屈しのぎに閨《ねや》の相手を都合してくれるという話もあった。だが、まだまだ馴染みきれない異世界での新しい生活で怠惰《たいだ》に流されると、色々ダメな人間になりそうだったので自分から断った。

勿論、京矢も健康な若い男児であるからして、もう少し気持ちに余裕ができたならばと、そういう遊びにも興味はあったりする。

「俺も早く慣れないとな……」

通路の先にさり気なく立っている使用人を視界の端に捉えながら、京矢が呟く。一見普通の使用人に見える彼女達は、ターナトーリア直属の部下で、護衛と監視役を担っている。

京矢に視線を向けてきたりはしないが、気配で自分の動きを観察している事は、コウの意識経由で京矢も知っていた。

人間関係の色んな事が透けて見えるこの能力、常に相手の真意を測る事ができるので便利ともいえるが、他人の胸の内など知らないでいる方が如何《いか》に楽であるかを実感する京矢なのであった。

◆　◆　◆

エッリア宮殿上層階の一画。各支分国の王族や大使が滞在する際に使われる部屋の一室にて、日除《ひよ》けの布に濾《こ》された太陽光の欠片が、薄暗い部屋の床で白く輝きながら揺れる。そんな幾つかの光の欠片が、豪華な天幕付きベッドで絡み合う若い男女にも降り注ぐ。

ベッドに横たわっている大柄な男は、自分の上に跨《また》がって唇に吸い付いている少女の肩を掴むと、そっと引き剥《は》がした。貪《むさぼ》るように吸い付いていた少女が不満そうに文句を垂《た》れる。

「どうして止めるの？　キスまでは許すって言ったじゃないっ」

「許した範囲を越えてるだろうこれは」

もう少し自重するように促しながらやれやれと身体を起こしたディードルバード王子は、とりあえずその胸を仕舞いなさいと、妹姫メルエシードの淫《みだ》らにはだけた胸元を整えた。

ナッハトームは帝国に属する大多数の国家も含め概ね性に大らかで、地域によっては近親婚、同性愛も珍しくない。

極端な例を上げれば、自分の娘に産ませた娘の娘を嫁にしたような富豪もいる。帝都エッリアはそれ程でもないが、マーハティーニをはじめ、ナッハトーム領の西の地域へ行くほど開放的な傾向が見られる。

そんな土地柄の影響もあってか、王女メルエシードは物心がついた頃より兄のディードルバード王子を慕い、関係を迫っては宥められている。

ディードルバード王子はその魅惑的な容姿ゆえに、幼少の頃から男女問わず色欲の目を向けられていた事もあり、そういった情事の絡む事柄に対しては冷静に対処する術を身に付けていた。

さっさと身支度を整えて部屋を出て行こうとするディードルバードに、ベッドでぺたん座りしているメルエシードは頬を膨《ふく》らませる。

「むぅ〜」

「俺は明後日の夕刻にはマーハティーニに帰国せねばならん。また反乱軍共が暴れているらしいからな」

「そんなの他の将軍に任せとけばいいのに」

「そういう訳にもいかんのだ。分かっているだろう?」

レイバドリエード王の方策により、反乱軍の情報が入れば近くに他の将軍がいても監視させるに留め、王子の到着を待って征伐に乗り出すよう定められている。

だが当然、征伐軍の動きが遅くなればそれだけ勘付《かんづ》かれて逃げられる確率も高く、反乱軍はいつまで経っても数を減らさない。

結果、ディードルバード王子は何度も反乱軍の征伐で帝国内を駆け回る事になるのだが、マーハティーニはそれを『王子の活躍』として宣伝する事によって、王子の功名に繋げていた。

これら反乱軍の討伐に託《かこつ》けた王子の功名稼ぎと、支分国からの支持狙いという裏の意図を知るのは、征伐軍に関わる上層の人間でも極一部の幹部のみ。

マーハティーニをナッハトームの宗主国に押し上げ、ディードルバード王子を次期皇帝の座に就かせようと目論む、レイバドリエード王の策略の一環なのである。

「あまりスィル達に迷惑を掛けるんじゃないぞ?　それから、あの従者の少年には気を付けろ」

まだエッリアに滞在する事になっているメルエシードを残し、ディードルバードは反乱軍の征伐に向かうべく部屋を後にした。一人残されたメルエシードは暫くベッドに突っ伏していたが、やおらむっくり起き上がると、気晴らしに庭園へと足を向けるのだった。

高い塀に囲われた宮殿の敷地内には外界から隔離された空間ともいえる庭園が設けられていた。そこには砂漠地帯であるナッハトームではあまり見る事ができない、色とりどりの花々や木々が植えられている。

砂色の街が広がる外とは対照的に、緑溢れる鮮やかな風景。これも水が豊富なエッリアだからこそ維持できる景色であった。

メルエシードは谷と岩山ばかりが目立つ祖国マーハティーニの景色にも特に不満はなかったが、この庭園だけはエッリアを羨ましいと思うほど気に入っていた。特に花々の間を舞うように飛ぶ美しい羽色の虫が好きだ。

「ああー……捕まえて髪飾りにしたい」

何度か捕獲に挑戦して駆け回った事もあるのだが、ヒラヒラ躱されてどうやっても捕まえられなかった。

大きな皿を重ねたような噴水から流れ出る水が小川に見立てた水路を満たし、風に散らされた花びらを浮かべては太陽の光をキラキラと反射している。

水面からの照り返しを浴びながら水路沿いを歩いていたメルエシードは、ふと、庭園を横切っていく小さな影を見掛けた。

◆◆◆

スィルアッカ達と支分国の偉いさんに会う仕事を終えて、コウは離宮へ戻ろうとしていた。結局コウの住む場所については京矢の事もあり、近くに置いた方が色々と手間も省けるとして、同じ離宮に部屋を用意して貰っている。

コウと京矢は深層意識レベルで双方の想いが伝わるので、京矢がこの世界に馴染むに当たってはコウの知識が非常に役立つ。

また、京矢が学習した内容もコウの知識に反映される為、二人が共に別個の存在として生きる今の状態はある意味、とても効率が良かった。

「コ～ウく～ん」

「うん？」

名前を呼ばれて振り返ると、庭園の中程から手を振っている少女の姿が見えた。金髪のツインテールを揺らして小走りに駆けて来たのは、マーハティーニの王女メルエシードだ。

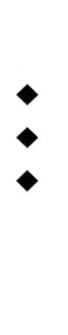

「いま何してるの～？　スィル姉さまは一緒じゃないんだ？」

「今日の仕事がおわったから離宮に帰るところだよ」

先日、廊下で初めて顔を合わせた時からたまに見掛けていたが、公務中のスィルアッカと行動していたり、自分の方に急ぎの用事があったりして中々声を掛けられなかったと言うメルエシード。

人懐《ひとなつ》っこい無垢な笑顔を見せる彼女の内心では、やはりコウに自分の影響力をねじ込んでおくべきだという企みが蠢《うごめ》いていた。

メルエシードはコウについて考察する。スィルアッカからは随分と目を掛けられ、エッリアの有力家からも受けが良いようだ。

その外見こそ『ちっちゃくて女の子と見紛《みまが》うような容姿で人畜無害《じんちくむがい》そう』な雰囲気を醸し出しているが、初対面で『君、美味しそうな匂いがするね？』とか『唇に甘いお砂糖でもついてる？』などと妖しげなアプローチを仕掛けてくる遊び人疑惑のある子である。

「ねえ……わたし、あなたの事をもっと知りたいわ。お話しましょ？」

あの時は油断していたので不覚をとったが、今回は初めから誘惑モードで挑む。

兄ディードの煮え切らない態度のせいで不完全燃焼な気持ちが燻《くすぶ》り、欲求不満気味なメルエシードは、有力家に仕える従者や使用人達を何人も虜にしてきたコケティッシュスマ

イルで身体を寄せた。

「さっき蜜和《みつあ》えのお菓子を食べてきたの。まだ唇に蜜がついてるかもね？」

クスッと悪戯《いたずら》っぽい笑みを浮かべてしなを作る。乗ってくれれば良し。乗って来なくても先日の意趣返《いしゅがえ》しができれば溜飲《りゅういん》を下げられるというモノだ。何でも良いのでコウの弱みを握れば、そこからはエッリアに構築した情報源の一つとして使っていける。

スィルアッカ皇女の従者という立場なら、引き出せる情報も重要なモノが期待できる――だが、コウはメルエシードの誘惑に表情一つ変えず、こんな事を言った。

「メルはディード王子の事が好きなんだね」

「え？　え、ええ……ディード兄さまの事は好きよ？　兄妹ですもの、普通でしょ？」

「だからスィルに嫉妬《しっと》して邪魔するの？」

「っ！」

メルエシードの媚《こ》びた目が一瞬見開かれ、警戒の色を浮かべた鋭い眼つきに変わる。

ディード王子がスィルアッカに対して政治的な意味合いだけでなく、少なからぬ好意という想いも持ちながら接している事を知って以来、メルエシードはスィルアッカに強い嫉妬心を懐《いだ》いていた。

父王の言いつけに従ってスィルアッカの動向を探ったり、纏わり付いて微妙《びみょう》に行動を阻害したりという行為は、そういう理由による意図的なモノだったのだ。

「……スィル姉さまはワザとらしいのよ。男嫌いだなんて噂を流してる癖《くせ》に、将兵には媚びちゃってさ」

ナッハトームでは一般的に『女性はより多くの男と経験を重ねている女ほど魅力的である』とされる。

しかし、皇女のような一種アイドル的立場にある者は、そういった経験に疎《うと》いほうが好ましく思われた。

普通の経験の少ない街女を相手にするのは面倒くさいが『皇女のような高貴な娘の手解《てほど》きをして女としての成長に絡めるのは男冥利《おとこみょうり》に尽きる』というのが、ナッハトームの一般的な男性が持つ価値観であるからだ。

「ディード兄さまも、今まで周りにスィル姉さまみたいな女《ひと》がいなかったから騙《だま》されてるんだわ」

「スィルは皇帝になる人だよ」

「へぇ、従者らしいコトいうのね……でも普通『スィル様』でしょ。主人を呼び捨てなんて、あなたスィル姉さまとどんな関係なのかしら」

「ボクはスィルさまの手伝いをしに来たんだ」

メルエシードは完全に猫を被ることをやめていた。彼女の指摘を素直に学習して様付けで答えてみたりするコウは、意識の奥で京矢が呼んでいる事を感じ取り、早めに会話を切り上げて離宮へと向かう。

『またねー』と去って行くコウに、なんだか適当にあしらわれた気がして、メルエシードは不満を募らせる。

「……ふんだっ、なによゴーレムの癖に」

唇を尖《とが》らせながら腹いせに小石を蹴飛《けと》ばしてみると、一緒に舞った芝草が水路に落ちて離宮のある方に流されていく。

そこで『そういえば』と、最近スィルアッカ絡みの噂で聞いた『離宮に謎の客人を住まわせているらしい』という話を思い出す。コウが去っていった方向に視線を向けながら、彼は『謎の客人』にも関わっているのではないだろうかと推察《すいさつ》する。

スィルアッカが隠す人物――なんらかの重要な秘密があるに違いない。

「よーし……」

それなら是非とも探ってやろうと動き出したメルエシードは、森をイメージした木々の塀に囲まれる少し先の離宮を見上げながら、獲物を狙う猫のような表情で口元に笑みを浮かべるのだった。

「あっ！　そういえばあの子、わたしの事『メル』って呼び捨てしてた！」

さり気なく愛称で呼ぶなんてやっぱりコウは遊び人の女誑《おんなたら》しだと、警戒心を新たにするメルエシードなのであった。

10

離宮に戻って来たコウが京矢の部屋になっている奥部屋を訪れると、寝室の隣にある居間の机で広げた紙に何やら書き込んでいた京矢が顔を上げた。

「よっ、来たか」

「きたよー。どうしたの？」

「いや、ちょっと聞きたい事があってさ」

コウの記憶漁りをしていた京矢は、コウが破壊した〝生命の門〟絡みでバラッセのダンジョンから大量の骨が高級触媒として採集されているという情報を読み取っていた。そこで、触媒についてもう少し詳しい情報が欲しいとコウに説明を頼んだ。

記憶を深層意識レベルである程度共有しているとはいえ、何処にどんな知識が記憶されているのかまでは分からないので『目当ての知識を思い出す』というのは難しい。これは簡単なフレーズを度忘れしてしまってどうしても思い出せなくなる感覚に似ている。

こういう場合は、その知識を記憶した側が強く意識する事で関連する情報の記憶が集まり、参照し易くなるのだ。

「……ふーん、なるほどな。って事はこれ、他の街の決定次第でかなり動くんじゃないか？」

各街のダンジョンに関する状況や触媒に関するコウの知識から、近々触媒骨に値崩《ねくず》れが起きたり反動で高騰《こうとう》したりするんじゃないか？　と京矢は興味を持った。値崩れは既に起きているかもしれない。

「冒険者協会に行けばもっと詳しく分かるとおもうけど、エッリアには正式な支部が無いみたいだよ」

エッリアで冒険者協会の情報を仕入れられる有力家といえば、古代遺跡の研究などをしている考古学者を抱えるルッカブルク卿辺りが最も確実なところだ。

「あ～あの人か、なんか気難しそうだよな」

「陰で苦労してる人みたい」

頼んでみようか？　と訊ねるコウに宜しくお願いする京矢。一応スィルアッカの許可を得る前に勝手に動くと問題があるので、コウは明日にでも宮殿でルッカブルク卿を訪ねて、冒険者協会の最新情報を仕入れられないか頼んでみる事になった。

◆　◆　◆

——その夜。

「コウにルッカブルク卿と交渉するよう頼んだと聞いたのだが」

昼間の件で奥部屋にやって来た、少々顔色の険しいスィルアッカから質問を受け、そんなに深刻な内容ではないのだと苦笑交じりで京矢は事情を話す。

今後の状況によっては触媒の値段が大きく変動するかもしれないので、うまくいけば儲《もう》かるかもしれない、という思いつき。

基本、読み書きの勉強とこの国の習慣や近隣国との情勢について少し学ぶくらいで他にする事もなく、たまたま興味が湧いたから調べてみた、という程度の気持ちなのだと付け加える。

「ナッハトームでも戦車の動力とかに魔法の触媒が使われてるみたいだし、研究用に確保しておいても良いんじゃないかなって」

「ふむ……あくまで冒険者協会の情報が目当てで、エッリアではルッカブルク卿に訊くのが確実だからという理由か」

コウから聞いた限り、ルッカブルク卿は敵ではないという事なので、少しでも近づいておくには良い機会かもしれないと、スィルアッカは京矢の提案に許可を出す。だが、あまり目立つ行動は控えるようにと釘も刺しておく。

「まだお前は明確な立場すらも決まっていないのだからな」

「うぃっす、気ぃつけます」

コウの補佐もあったとはいえ、僅かな期間にすっかり普通の会話も交わせるようになった京矢の何処かおどけた返答に、スィルアッカはやれやれと溜め息を吐いた。

京矢の世界の教育レベルは相当に高いらしく、京矢もただの平民とは思えない程の聡明さと知性を備えている。だが、どうにも権力や野心といったモノに対する関心が低く、謀《はかりごと》への警戒心を微塵《みじん》も感じられない。

単に平民だから権力闘争などに馴染みが無く、そういった事柄への実感が薄いのかとも考えられる。しかし、あまりに無防備だと宮殿に跋扈《ばっこ》する有象無象の野心家達からすぐに付け入られてしまうのではないかと心配になる。

「なんか溜め息吐かれてしまったぜ」

「お前が頼りないからだ」

「はっきり言われた！」

ガーンと頭を抱える京矢とそれを笑うスィルアッカ。常に一歩下がった位置から二人を観察しているターナには、スィルアッカが楽しんでいるように感じられた。そこに、随分と京矢に心を許している印象を受ける。

（顔も声も年齢も、何もかも違うのに……雰囲気が彼に似ているからかしら）

ターナは少し昔の出来事、スィルアッカ皇女に仕え始めた頃に起きたとある事件を思い出しながら、和《なご》やかに談笑を続ける皇女殿下《スィルアッカ》と異世界人《キョウヤ》を見守っていた。

◆◆◆

深夜、スィルアッカ達が自室に引き揚げ、静かになった奥部屋で一人ボーッと過ごしていた京矢は、寝付けないので屋上の空気を吸いに部屋を出た。

この世界で一年近くにも及ぶ眠りから目覚めて十数日。まだ体力が戻らず、殆ど部屋に籠もりっぱなしの生活を続けていると、夜中に目が冴《さ》えてしまう。

「まあ、向こうでも大体夜型人間だったしなぁ……」

テレビのような手軽な娯楽《ごらく》はないが、コウが蓄積してきた冒険の記憶があるので、静かな夜は小説を読むが如《ごと》く記憶の海を漂い、様々な知識に触れるのを楽しんでいた。しかし、それにも限度はある。

「あ～～、思いっきり身体動かしてぇー」

などと言いつつも屋上までの階段を十数段上っただけで既に息切れを起こしている。ぜぃぜぃ言いながら夜空を見上げると、緑掛かった大きな月がぽっかりと浮かんでいた。ちょっと色が違うだけでココまで印象が変わるものかと暫《しば》し見惚《みと》れる。

あまりに綺麗だったので今夜はもう少し夜更《よふ》かしする事に決めた京矢は、更なる情緒《じょうちょ》を求めて庭園まで降りて来た。等間隔に並ぶ木々に囲まれた離宮庭園。屋上から眺める月明かりの街並みも良いが、庭園の並木越しに見上げる月も格別だ。

宮殿の敷地内には魔術式の明かりが置かれているので、夜でも十分足元が見える。ちなみに、触媒を使う魔術式ランプはエイオア製のものとグランダール製のものが普及しており、ナッハトームで使われている魔術式の道具はエイオア製品が多い。

「これで蛍とか飛んでたら完璧だな」

微かに聞こえる虫の音に耳を傾けつつ水路沿いを歩いていた京矢は、徐によっこらしょとしゃがみ込むと、エメラルドグリーンに輝く水面の月に視線を落とす。

『風流だー』などと浸っていたその時、並木の間を覆うもっさりした草がガサガサと揺れた。

「ん？」

「あ……」

京矢が何だろうとそちらを見ると、その草が割れて女の子が顔を出した。水面の月に似た翠色の瞳が瞬き、ツインテールにした金髪が揺れる。暫し見詰め合う二人。

「あなた……もしかして、離宮の客人？」

先に沈黙を破ったのは女の子の方だった。草むらから這い出て水路をぴょんと飛び越えて来た彼女に驚いた京矢は、元々弱った足腰で不安定な姿勢をとっていた事もあってか、体勢を崩して尻餅《しりもち》をついた。

それを見た女の子はキョトンとした表情をジト目に変える。そこには『男の癖にひ弱そうで情けない』という感情がありありと表れている。

マーハティーニの王女メルエシード。京矢はコウの記憶から彼女の事を知っていた。スィルアッカに懐いているように見せ掛けて、その内心は実兄への恋慕《れんぼ》によるスィルアッカへの深い嫉妬心で満ちている。

宮殿に居る時のスィルアッカ程ではないが、少し露出《ろしゅつ》の目立つ高価そうな衣服を纏って いるメルエシードは、尻餅をついて自分を見上げている『謎の客人』と思《おぼ》しき異国人の青年に再度尋ねた。

「ねえ、あなたが離宮の客人なの？」

「え？　あ、ああ……うん、一応そうなのかな」

「なによ、はっきりしないわね……あっ、そっか、秘密にしてるんだものね。大丈夫よ、わたしはスィル姉さまと親しいから」

教えても叱られないわよと、手を差し伸べながら微笑んでみせる。天使のような無垢な笑みなのだが、中身を知っている京矢からすれば小悪魔の微笑だった。

夜の庭園をゆっくり散歩しつつ、何処から来たのかとか、何をしているのかなど次々尋ねてくるメルエシードに、京矢はどう答えたものかと困っていた。とりあえず、かなり遠い外国から異文化を学びに来たというような返答でお茶を濁す。

「ふぅ～ん？　でもそれならどうしてスィル姉さまは、あなたの事を秘密にしてるのかしら」

「さあー……どうしてだろうねぇ」

「ねぇ……あなた、ほんとうは一年くらい前からずっと眠り続けてるって言われてた異世界人じゃないの？」

「ぶっ」

　あまりにピンポイントな指摘に京矢は思わず噴き出す。その反応で全てを悟ったメルエシードは『やっぱりそうなんだぁ』と興味津々で詰め寄って来た。

　眠れる異世界人の話は、各支分国の上層でもそれなりに知れ渡っていた。エッリアの誇る機械化兵器は異世界人の持ち込んだ資料を参考に造られているという事も、色々な筋から洩《も》れ伝わっているのだ。

「いや、その……」

「そっかぁ、それならスィル姉さまが隠したがるのも当然ね」

　しどろもどろな京矢にそう言ったメルエシードは、内心で『これは大当たりだ』と興奮しながら、京矢に対するアプローチを『諜報』から『誘惑』に切り替える。

　今までの経験上、こういう見るからに気弱でひ弱そうな男には、こちらから甘えるのではなく優しくして甘えさせてやればイチコロだ。

　ナッハトームでそれなりの力を持つ国ならいずれも欲しがる機械化兵器の情報。その秘密を知るであろう異世界人。味方に引き込む事ができれば得られる益も大きいだろう。

（あの掴みどころのない生意気《なまいき》な従者よりよっぽど役に立ちそうだわ）

与し易い相手と判断したメルエシードは早速、京矢の攻略に取り掛かった。故郷を離れて遠い異国の地に身を置くのは何かと大変でしょうと京矢の心情を気遣い、そんな境遇にあって塞ぎ込んだりせず、こうして散歩を楽しむ余裕を持てるなんて立派だと持ち上げる。

「わたしだったら、きっと一日中泣いて過ごしてるわ。やっぱり男の子なのね」

「いや～ははは……」

コウを通してメルエシードの事前情報を持っている京矢は、急に優しくなった理由が分かるだけに、何とも複雑でもどかしい気持ちに駆られた。このまま素知らぬ振りをして適当に受け流せば、コウやスィルアッカ達が上手く処理してくれそうではあるのだが――

(『君の意図は分かってる』――とか言ったら、どんな反応するんだろう……？)

中身は怖いらしいと分かっていても、見掛けは金髪翠眼にツインテールが可愛く似合う美少女である。京矢の肩より少し低い位置から上目づかいで優しく微笑みかけてくるメルエシードは、冗談抜きで魅力的だった。

そしてこれもワザとであろうが、姿勢と立ち位置的に胸の谷間が視界に入るので、ついついソコへ目が行ってしまう。強調されるほど大き過ぎず、されど小さくはなさそうな魅惑のふくらみ。

何度目かになる奪われた視線を戻そうと京矢が顔を上げると、京矢をじっと見つめていた翠色の瞳が自分の胸を見下ろし、ついで京矢の顔を見上げながら恥ずかしそうにその胸元を隠す。

　そんな仕草もワザとだと分かっているのに、『ちら見してたのバレた！』と慌てた気分になってしまう。

「も～、さっきからわたしの胸ばっかり見て～。胸とおしゃべりしてたの？」

「ええと……ご、ごめん」

「むぅ～……うふふ、そんなに気になるんなら――触らせてあげよっか？」

「えっ」

　メルエシードはそう言うと、服の胸元をちょいと摘んで引っ張ってみせ、二つのふくらみの先端が見えそうで見えないギリギリのちらリズムを生み出した。それに京矢は、思わず目が釘付《くぎづ》けになったり、すぐ我に返って乗り出し掛けていた身を気にしたり、このまま凝視するのは失礼かと思いつつも、目を逸《そ》らすのは却《かえ》って失礼になるんじゃないかと思い直したりと、少々混乱してしまう。

　そんな京矢の慌てふためく様子にほくそ笑んだメルエシードは、京矢の胸板に頭を預けながら背中からぴとっと身体を寄せてもたれ掛かると、自分の服の胸元を軽く摘んだまま囁いた。

「ホラ、ここからそっと手をいれて……ちょっと触るだけならゆるしてあげる」

今度ははっきり、二つのふくらみの全容が見えた。これは間違いなく誘惑だ！　据《す》え膳《ぜん》だ！　とうろたえる京矢は、喰わねば男が廃《すた》る気持ち半分、乗ってしまうと後が怖い気持ち半分で揺れ動く。

（コウの奴、こんな子に迫られてよく平気でいられたな）

人間の三大欲求に支配されないコウの在り方は知識としては理解しているものの、感覚としての実感が伴わない。昼間コウにモーションを掛けていたメルエシードの誘惑がこれほど対理性破壊力に満ちているとは、京矢には想像もつかなかった。

やはりただ知っている事と、実際に経験する事とでは違う。

コウの記憶にある巨乳のカレンや貴族娘アリス嬢の抱擁《ほうよう》もかなり凄いのではなかろうか、いやいやレフィーティアって魔術士の子も無口系でなかなか――などと茹《ゆ》で上がりそうな意識で軽く現実逃避をしていた京矢は、メルエシードの甘えるような声に引き戻される。

「ほらぁ～はやくぅ～、わたしだって恥ずかしいんだからね」

「で、では、ちょっとだけ……」

乗った。というよりも、ここまで来れば断る方にこそ勇気がいるというものだ。首元にメルエシードのさらさらとした金髪の感触を覚えながら、細い肩越しにそっと腕を伸ばし、服の隙間から胸元へ手を差し入れようとして――


「何をしている」

「うわあああああ！」

「ひゃあああああ！」

「こんばんはー」


いつの間にか背後に立っていたスィルアッカから声を掛けられ、飛び上がって驚く京矢と釣られて驚くメルエシード。そして普通に夜の挨拶をする少年コウ。

京矢の意識を通じてメルエシードが動いている事を察知したコウは、自身が出張って京矢への干渉を防ぐよりも手っ取り早く、且つ問題をうやむやに処理できる人材を呼び寄せたのだ。


「こんな夜更けに離宮の庭園にまで忍び込んで何をしているのだ？　メル」

「ス、スィル姉さま！　わたしは別にその……っ」

「キョウヤも目立つ事は控えろと言っただろう。お前が手を出そうとした相手はマーハティーニの王女だぞ？」

「ええーっ、王族の娘だってー！」

凄くワザとらしい驚き方をする京矢だったが、焦《あせ》っているメルエシードは気付かない。

一応、メルエシードが『味方ではない』とコウに判定されている事はスィルアッカのごく身近な者しか知らない。現時点でメルエシードの立場は『スィルアッカ皇女に良く懐いている有力国の王女』であり、二人の仲は良好であるという事になっている。

他の『味方ではない判定』を受けた有力家や支分国大使達と同じく、コウがエッリアにやって来た日からいきなりメルエシードに対する態度を変えるのは周囲からも不自然に見られる。だからスィルアッカはこれまで通りの付き合い方をして、今もメルエシードから微妙に仕事の邪魔をされたり行動を阻害されたりしていたのだ。

今回、離宮に侵入して重要人物と接触していたメルエシードをスィルアッカが自ら咎める事で、『マーハティーニの王女の動向に目を光らせるようになった』という状況を、一〇〇%相手側の過失《かしつ》として自然に作り出した。

ちなみにスィルアッカを呼んだのはコウなのだが、メルエシードがそれを知る由《よし》も無く、結果、コウはこの事でマーハティーニ側から目の敵《かたき》にされるデメリットも地味に回避していた。

結局、以後メルエシードは宮殿内の軍施設区画と離宮の出入りを禁止され、スィルアッカからも距離を置かれるようになった。

その厳しい処置は二人の親しい姿をよく見知っていた宮殿の人々を驚かせ、『謎の客人』について探ろうとしていた他の支分国関係者達を萎縮《いしゅく》させるに十分な効果を上げたのだった。

11

ルッカブルク卿の屋敷は、エッリアの軍施設地帯と一般民の住む街の間にある水源に近い場所に立っていた。広大な敷地には研究室として一戸建ての家が十数棟も用意され、囲っている技術研究者や魔術士達が住んでいる。

コウは今日、その内の一軒を訪ねた。ルッカブルク卿に許可を貰い、冒険者協会の情報に詳しい者として例の王冠を鑑定した魔導技士を紹介されたのだ。

宮殿でコウに声を掛けられたルッカブルク卿は、最近なにかと活動的なスィルアッカ皇女の従者が、まさか自分を頼ってくるとは思っていなかったらしく、皮肉屋を装うのも忘れて目を丸くしていた。

コウが通された応接間にパタパタと駆け込んで来た若い男性が、ニコニコ顔で挨拶をする。

「いやーどうもお待たせしました、高名な冒険者であるコウ殿に訪ねて頂けるとは恐縮《きょうしゅく》しきりですよ」

「こんにちはー」

ティルマークと名乗ったルッカブルク卿お抱えの魔導技士は、考古学の研究者でもあった。機械化技術を魔導技士の立場から支援する傍《かたわ》ら、帝国領内にある古代遺跡の研究探索をさせて貰っている。

大人しくて気弱だが、研究に没頭《ぼっとう》すると周りが見えなくなる面もある。ちなみに、会った事はないが高名なアンダギー博士を尊敬していた。ただし、博士に持っているイメージは大分本人と掛け離れているのだが。

「冒険者協会の情報をご所望《しょもう》との事ですが、国境を渡ってくる商人や、エイオア経由のモノになりますので――」

精度も鮮度もあまり期待できないと前置きした上で、ティルマークは現在流通している魔術触媒の市場情勢について話し出した。彼によると、バラッセの迷宮から高級触媒となる相当数の骨が流通した結果、やはり値崩れが起き、エイオア政府やグランダールの魔術研究棟が大量に買い上げて、相場の調整を図っているという。

「各街のダンジョンを管理する統治者達は冒険者協会の幹部も交えて、対策を話し合っているそうですよ」

「なるほどー」

情報を得たコウは意識の奥で京矢がそれを把握した事の確認をとりながら、他に聞きたい内容をイメージして貰い、それをティルマークに尋ねるというやり方で対話を進めていった。

ティルマークも合間合間にコウが見てきたバラッセの地下奥深くに広がる遺跡の様子などを教えて貰っては、研究者魂を燻らせている。まだ帝国領に点在する遺跡の調査が済んでいないので、今暫くはナッハトームを離れる予定は無いそうだが。

「ああ～、いつかバラッセの遺跡も調べてみたいものですねぇ」

「ナッハトームとグランダールが仲良くなれば、いつでもいけると思うよ」

「あっはっは、確かにそうかもしれませんねぇ」

雑談も交えながら昼過ぎまで遺跡と冒険者協会を話題にお話をして過ごしたコウは、ルッカブルク卿によろしくとスィルアッカとの歩み寄りを求めつつ、研究室を後にした。

「ただいまー」

「おかえり、お疲れさん」

離宮に戻ったコウが奥部屋にやってくると、京矢は昨日の紙にまた何やら書き込んでは唸っていた。暇つぶしに高級触媒の売買シミュレーションを始めたのだ。触媒一つ辺りの値段とそれを運ぶ交易商人達に支払う報酬などを、大まかに算出している。

「これ、元の値段から半分近く下がってるんだよなぁ」

輸送費の振れ幅に問題はあるが、今の値段で沢山買っておけば値段が戻った時に売って差額で儲けられそうだと言う京矢に、コウは輸送費はタダにできる方法を挙げてみた。

「あ、そうか。お前の倉庫を使えば幾らでも運べるんだよな」

「お金は結構あるから、砦に行った時にでもアリアトルネで買ってくる？」

近日中に、休戦協定の調印式へ国境地帯の砦まで出掛ける事になっている。砦からアリアトルネまでは近いので、鳥にでも憑依すればひとっ飛びで往復できるという。だが、京矢は今の段階でコウの財産を使う事には慎重な考えを示す。

「まだ値段が戻るかどうかも分からないしな。それに多分、お前が持ってるお金じゃ桁《けた》が足りないと思うぞ」

異次元倉庫に保管してあるギルドコインや帝国通貨では、せいぜい二〇〇か三〇〇個程度しか購入できないだろう。個人で購入する分としては十分な量だが、京矢の計算では千個単位で購入しなくては大した利益にならないと出ていた。

倉庫にある他のお宝を売って資金に換えれば国家予算並みになりそうだが、現状そこまでして触媒の買い占めを行う理由もないし、なるべくコウの財産には手を付けたくないと京矢は言う。

「お互い、将来はどうなるか分からん身だからな」

「いちれんたくしょうだね」

今はこのナッハトーム帝国の宗主国エッリアに身を寄せさせて貰っているが、この世界の情勢を見る限り、いつ紛争やら内戦やらに巻き込まれて着の身着のまま放り出されるかも分からない。

拠《よ》って立つ所が無くなった場合に備えて、貯えはとっておきたい。スィルアッカに生活を保証されているものの、慎重に将来を見据《みす》えた生き方を模索《もさく》する京矢なのであった。

◆　◆　◆

エッリアから国境の砦までの道のりは、通常の馬車で片道五日程。機械化輸送戦車を使えば二日程度で到着できる。

少し前まで戦場だった砦を見渡せる平原には、ナッハトームの大型輸送戦車と護衛の軽量型戦車が並び、砦上空にはグランダールの軍用魔導船が浮かんでいた。今日はナッハトームとグランダール両国による休戦協定の調印式が行われる。

「おおー凄えな……本物の砦も迫力あるけど、魔導船がスゲェ」

初めて離宮の敷地外へ出る事になった京矢は、国境地帯を渡る二日間の旅でこの世界を実感していた。この一帯を行き来する交易商人や冒険者グループらしき旅人達の姿は、映画やゲームの中でしか見た事がないファンタジー世界の住人そのものだ。

コスプレ衣装などにありがちな、妙にてかてかした作り物感はない。細かい綻《ほころ》びや傷に修繕の跡、使い込まれたそれら衣服や武器防具に感じる強い生活臭の染み付いた存在感は、京矢の深層意識から働きかけるコウの記憶も相まって、より明確に現実味を伴わせた。

「キョウヤの世界でも船は飛ばないのだったな」

「普通はね。船って名前のつく乗り物なら星の世界まで行くやつもあるけど」

「ウチュウという所か。空より更に高い場所にある世界など想像もつかんな」

そんな雑談で和やかな雰囲気を纏いつつ、ナッハトームの一団は国境地帯を強固に護る砦の門を潜った。

砦の兵士に案内されて護衛と共にスィルアッカ達が会議室に入ると、いきなり一羽の鳥が彼女達の目の前に飛んで来た。咄嗟にターナがスィルアッカを庇う位置に立つ。しかし鳥はターナやスィルアッカを飛び越えて、後ろに続いていたコウの肩に降り立った。

「あ、ぴぃちゃん」

「ピュイ」

コウが知り合いらしい『伝書鳥のぴぃちゃん』を肩に乗せた姿に軽く笑みを浮かべながら、スィルアッカは懐から短刀を出し掛けていたターナを窘める。

「気を張りすぎだターナ、もう少し楽にしろ」

「申し訳ありません……」

苦笑するスィルアッカに恐縮の意を示して詫びつつターナは項垂《うなだ》れる。そこへ、彼女が緊張を緩められない元凶となっている人物が声を掛けてきた。

「暫くぶりだなコウ、それに…………ナッハトームの姫将軍」

「そうだねー」

「随分と意味深《いみしん》な間だな、グランダールの冒険王子」

砦の会議室で顔を合わせたコウとレイオスは王都に居た頃と変わらない挨拶を交わし、一方でスィルアッカとレイオスは何処かぎこちない空気を漂わせる。互いに命のやり取りをした相手、という事もあるのだが、大きな理由はスィルアッカに対するレイオスの驚きにある。

『あの重甲冑の中身がこんなに華奢《きゃしゃ》で美しい娘』という、スィルアッカが自国で支持者集めの一環としている印象の懸隔《けんかく》効果が、レイオスにも及んだらしい。レイオスももっとゴツイ猛女《もうじょ》を想像していたのだ。

「お初にお目にかかる、スィルアッカ皇女。私はグランダール第二王子スアロだ」

グランダールからはスアロ王子も出席しており、こちらは無難《ぶなん》に挨拶を交わすとスィルアッカ一行を調印の席へといざなった。無駄なく手早く隙もなく、速やかに式を進行させる手際の良さはさすが政務派の王子といったところであった。

調印の席にはスィルアッカとエッリアの文官が並び、対面にレイオス王子とスアロ王子が座る。スィルアッカの後ろに控えるターナとその半歩後ろに並び立つコウと京矢は、粛々《しゅくしゅく》と進む調印式を静かに見守った。

◆◆◆

幾つか保留になる項目を残しつつも休戦協定の調印は無事に終了し、スィルアッカ達は一晩砦に泊まって帰国する事になった。休戦の報は直ちに両国の全土へ伝えられ、平和の訪れを祝うささやかなパーティーが行われる。

砦の兵士達も激務から暫く解放されそうだと、普段より少し豪勢な大食堂での飲み食いを楽しんだ。

こうしてナッハトームの文官大使達とグランダールの官僚達が士官食堂で歓談を交えて寛ぐ中、コウと京矢を連れたスィルアッカ達は、来賓用の個室でレイオス、スアロ王子兄弟との私的な会談に応じていた。

ちなみに部屋の隅には、スアロ王子の腹心で元暗部エージェントである影術士フェーズが、隠行術で姿を消して控えている。コウが入室早々手を振って挨拶したので、既にバレバレではあったが。

当初、ナッハトームの一団でコウと行動を共にしている青年の容貌《ようぼう》に目を引かれたレイオスとスアロは、この会談で探りを入れてみた。アンダギー博士から、機械化兵器に絡んでナッハトームにも異世界人が存在する可能性を示されていたからだ。

コウからグランダールに住む異世界人の話を聞いていたスィルアッカは、元々帰国後に公にする予定だったのでもう隠す必要も無いと判断し、コウに京矢について説明する事を許した。

コウの口から、京矢は沙耶華と同じ世界から、恐らく同じ時期にこちらへ来たのであろう事が伝えられる。

「なるほど、君はサヤカと同じ国に住んでいたというわけか」

「ええ、多分。コウから聞いた限り、その沙耶華って人も自分と同じ飛行機に乗ってたんだと思いますよ」

「……」

京矢と沙耶華は同郷の者であるらしいと聞くと、レイオスは何となく京矢とあまり話をしたくなさそうにした。その代わりに色々と話を聞いたスアロは、ナッハトームに異世界の技術が流れている事を確信しつつ、表向きにはいつか京矢と沙耶華が面会できるよう、両国の安定と、道は遠くとも友好を願うと語った。

スアロはあくまでも外交的に京矢の存在を警戒しているが、レイオスは沙耶華絡みで一人の男として警戒している。

そんなスアロとレイオスの内心もコウを通じて把握してしまっている京矢は、『自分は人畜無害ですよー』をアピールして終始作り笑みを浮かべていた。

（まあ、気持ちは分からんでもないけど……）

京矢からすれば、超イケメン王子のレイオスに女性絡みで、さらに何処となくルッカブルク卿を思わせる気難しそうなスアロ王子に政治戦略的で警戒されるなど、喜劇の登場人物にでもなった気分だ。それでも、得体の知れない異世界人が敵国に軍事技術を提供していると考えれば、色々警戒されるのも致し方ないかと納得もしている京矢であった。

その夜。相変わらず寝付けない京矢は、砦の上から緑色の月を眺めながらぼ～っとしていた。

ある意味この世界で生まれて生活していたコウの記憶の影響か、日々薄まりつつある望郷の念に浸ってみたりしていたところへ、静かにやって来て隣に立つ人物が一人。

「こんばんは」

「ああ」

夕食の席ではあまり京矢と話したくなさそうにしていたレイオスが、京矢の挨拶に無愛《ぶあい》想《そう》ながらも応える。

そして沈黙。暫く二人で月を見上げていたが、やがてレイオスが口を開いた。

「お前は……元の世界に帰りたいとは思わないのか？」

「そりゃあ未練はありますけどね」

　世界を渡る具体的な方法が分かっているならともかく、現状ではどういった理由で何故この世界に来たのか、その原因さえ分かっていないのだ。今を生きる事に精一杯で、そんな事に気を割く余裕など無いというのが実情である。

　京矢の話を黙って聞いていたレイオスは『そうか』とひと言呟くと、徐に自身が沙耶華の気持ちについて少し悩んでいた事を打ち明けた。

　普段口にこそ出さないが、元の世界に帰る事を諦めていない意志を彼女から感じられるので、同じ境遇にある異世界人の意見を聞いてみたかったのだと言う。

　沙耶華にはあまり故郷を思い出して欲しくないので深く聞けなかった異世界の事について、レイオスは京矢に色々と教えて貰った。それらの話から、沙耶華が何を望み、何を想いながら過ごしていたのか、王宮群で生活していた頃よりも〝胡蝶の館〟や〝アンダギー博士の研究所〟で生活している方が活き活きしている理由などを朧《おぼろ》げながら掴めたようだ。

「参考になった。いつか王都に来る事があったなら歓迎しよう。サヤカにはあまり会わせたくないがな」

「色々正直っすね」

思わず苦笑する京矢は、グランダールの冒険王子と固い握手をして別れたのだった。

◆　◆　◆

休戦協定の調印式を終えて三日後の早朝。国境地帯の砦からエッツリアに戻ったスィルアッカは、部下からの報告で宮殿に残っている支分国大使達の状況を確認すると、さっそく予《かね》てより準備していた京矢について発表する舞台作りに取り掛かった。

宮殿の重鎮や各支分国大使で都合のつく者だけを集めてさらっと発表し、『ナッハトームの機械化兵器技術に貢献した異世界人』という存在に驚いた彼等がなんらかのリアクションを見せる前に終わらせる。

京矢を『ナッハトーム帝国の客人』としてしまうと、エッツリアには各支分国が京矢にアプローチするのを制限する正当性がなくなる。いくら宗主国でもナッハトーム全体の財産を勝手に独り占めする事はできないからだ。

タイミングを見計らった公式発表で各支分国からの異議を封じ、京矢の所属をエッツリアであると示しておくのがこの発表の目的であった。要は『私《エッツリア》の客人だから手を出すなよ？』と公式に発表した事実を作って京矢に接近する者を牽制するのが狙いだ。

「さあ着いたぞキョウヤ。帰国早々で悪いが、これから皇帝の間でお前の事を皆に発表する。準備はいいな」

「一応、台詞《せりふ》は覚えたよ」

休戦協定の調印式から戻ってすぐ公式発表があると案内を出しているが、声を掛けられた各支分国も概ね『調印式の成功を知らせる発表だろう』とあまり重要視していないはず。都合が付かないからという理由で欠席する者も多いと推測できる。

出席する者はとにかくエッリアとの関係を良くしておきたいと考える弱小国ばかりなので、エッリアの異世界人独占について異議を唱える事もないだろう。後日、他の支分国から抗議が上がっても『呼んだのに来なかったのはそちらの判断』としらばっくれられる。

「それにしても、でけぇ……」

出発する時は離宮の出入り口からだったので、初めて宮殿の正面入り口を通った京矢は、その巨大さに圧倒される。二度目のコウはまたしても戦車から飛び降りようとして、ターナに抱きかかえられていた。

そんな二人の様子にスィルアッカは苦笑を浮かべつつ、無駄に広い廊下を進み、宮殿兵の列を過ぎて突き当たりにある昇降機前の老紳士と挨拶を交わす。

「お帰りなさいませスィルアッカ様。調印式の御出席、お疲れ様でした」

「うむ。父上は昼寝中か？」

「はい。夕刻までは閨房《けいぼう》でお戯《たわむ》れかと」

「……息災《そくさい》なのは良い事だ」

父帝に余計な横槍を入れられる心配がないのは好都合だと、スィルアッカは皇帝の出席も無しという方向で進める事にした。自分と対立気味な者はますます集まり難くなるだろう。


昼過ぎには出席者達が皇帝の間に集まり始め、既に待機していたスィルアッカ皇女に挨拶して席に着いていく。

予想していた通り、弱小支分国大使が大半だ。彼等は皇女殿下の後ろに控える話題の従者コウにも愛想を振りまきつつ、隣の席で深くフードを被って座る人物に誰だろう？　というような表情を浮かべていた。

そこへ新たに皇帝の間へ入室してきた支分国の王族の礼を、スィルアッカはただ頷いて受け取った。その様子に、周りの大使達の間で僅かにざわめきの気配が広がる。

それはマーハティーニの代表で出席したメルエシード王女だった。

離宮の『客人』に許可無く接触したという理由で懲罰《ちょうばつ》を受ける以前は、あれほど親しく接していたのに、今は挨拶の言葉すらも与えない皇女殿下の厳しい対応。

やはり『謎の客人』には下手に関わらない方が良いと、この場に集う各支分国の大使達は改めて認識を固めていった。


メルエシードの出席には驚いたが、特に何か意見をしてくる様子も無いので、スィルアッカは努めて冷淡《れいたん》に接している。京矢は余計な発言を控えているので沈黙。コウはスィルアッカに向けられる周囲の反応を探っては、異次元倉庫空間でレポートを纏めていた。

「今日集まって貰ったのはグランダールとの休戦協定が結ばれた報告もあるが、実は皆にある人物を紹介したかったのだ」

発表会の開会を告げてすぐ、スィルアッカは京矢を中央の壇上に呼んだ。皆が注目する中、割と落ち着いた足取りで中央に歩み出た京矢は、予め示し合わせていた通り壇上に登ると、眼深に被っていたフードを払って素顔を曝《さら》した。

色白で彫りの浅い、少々線が細く見える黒髪の青年。その特徴的な顔立ちに『眠れる異世界人』の情報を持っていた者達はもしやと目を見張り、事情に詳しくない者達はその青年と何処となく雰囲気が似ている気がする従者コウにも視線を向ける。

「彼は私が個人的に客人として離宮に保護している異世界人で、名をキョウヤという」

スィルアッカの『個人的な客人』を強調する紹介に合わせて、京矢が軽く会釈《えしゃく》する。

『おぉ』とか『やはり……』などの呟きでざわめく皇帝の間の反応を窺いながら、スィルアッカは紹介を続ける。

「我がエッリアの誇る機械化兵器開発に貢献してくれた人物だ。今後の活動では皆の目に触れる機会も増えるだろう」

「何の因果か世界を渡ってしまい、途方にくれていたところを救って頂いた皇女殿下には我が力をもって報いる所存――」

と、京矢は戦車での移動中に覚えた台詞で口上を述べた後、日本語で適当な事を喋って皇女を称えるような素振りを見せる。これは時々言葉が通じない部分があるというアピールだ。何か都合の悪い事を聞かれた際の誤魔化しに使う予定だった。

ちなみに、京矢が適当に喋った日本語の内容は『今日は良い天気だなぁ、しかし適当になんか喋れって言われても困るんだけど、スィルアッカはスタイル最高だーとか、ああ、一応言っとくけどコウ、俺がなに言ったかバラすのは無しだからなー』であった。

とりあえず、コウは異次元倉庫空間で纏めているレポートの一部に横線を入れて記述を取り消した。

京矢の紹介を終えたスィルアッカは、休戦協定によってグランダールとの交易はこれから段階的に盛《さか》んになっていくだろうと、適当に調印式の報告などを繕う。そして早々に発表会の閉会を告げて皇帝の間を後にした。

基本的にエッリアへ右に倣え状態の弱小支分国大使達は今後、スィルアッカ皇女がガスクラッテ帝を説得してグランダールとの交易範囲を広げてくれるものと解釈した。そして、これで少しは民の暮らしも楽になるだろうと喜ぶ。

一方で、マーハティーニのメルエシード王女を含め、有力支分国の大使達はこの発表会の意図、スィルアッカ皇女の狙いを正確に掴んでいる。彼等は既に帰国している支分国大使や今回この場に出席しなかった大使達からの問い合わせで暫くはエッリア宮殿での生活も騒々しくなりそうだと、密かに息を吐くのだった。

宮殿から離宮に繋がる青い絨毯敷きの廊下をスィルアッカ達が歩く。廊下の前方と後方はターナの部下が距離を置いて防備を固めている。フードを目深に被った京矢は、緊張で凝《こ》った肩を解《ほぐ》しながらこれからの事を尋ねた。

「一応宮殿の敷地内とかにも入っていい事になるんだっけ？」

「そうだ。基本的にコウと同じ扱いになると考えていい」

コウの場合は従者とは名ばかりで、特殊任務を専門にこなす密偵のような扱いになっているが、スィルアッカの直属という立場は大きい。

「これからあの手この手でお前を誘おうとする輩《やから》が出て来ると思うが、くれぐれもそういう手合いに引っ掛からんようにな」

幾ら皇女の威光で牽制しても、京矢自らが相手に与しては手の打ちようがないからなと念を押すスィルアッカに、京矢は世話になっている相手に弓を引くような真似はしないよと笑って答える。

「なんせスィルアッカ達は命の恩人だからなぁ」

「――恩人か」

「ん？」

長い廊下の窓から見える宮殿の正面入り口付近に、遠い視線を向けていたスィルアッカは、京矢の問い返しに『なんでもない』と笑ってみせた。スィルアッカが見ていた先には、裏口の小さな扉から出入りする昇降機前の老紳士の姿があった。

――スィルアッカは、老紳士の息子でもあった庭師見習いの少年の事を思い出していた。

12

張り巡らされた水路の間を走り回ったり、木を植える為に等間隔に掘り返された庭園の穴に飛び込んで虫の幼虫を探したりと、男の子と間違えられそうなほど元気な少女が跳ね回る。年の頃は十二、十三歳くらいだ。

「スィル様、そっちはまだ工事中ですよ」

「だから面白いんじゃないか、セランも来いっ、庭師の息子なら虫にも詳しいだろう?」

「虫は苦手なんですよ――――って、わぁ! 皇女様がそんなの掴んじゃダメですっ、捨ててください!」

「わはははは」

土の中から掘り当てたウネウネ動く紐のような生物を掲げるスィルアッカは、叫びながら慌てふためく少年を見て笑う。相手の少年は宮殿に仕える使用人達の中で遊び相手として気に入っている同い年のセラントリッテだ。

庭師見習いのちょっと気弱なところがあるこの優しい少年を、スィルアッカはよくわがままに付き合わせて楽しんでいた。

「ここの土は少し色が違うのだな」

「そこには花を植える予定なんですよ。綺麗ですよー？　東の平原に咲く色とりどりの花々は」

「私は綺麗な花よりも美味い実の生《な》る木がいいな、沢山生ったら下々の者達にも食わせてやれるだろう？」

「え、えーとそれは……民達の事をよく想っておいでで素晴らしい考えですね？」

なんだその微妙な反応は、と頬を膨らませるスィルアッカに、セラン少年は慌ててフォローを入れる。あまりに現実的な答えが返って来た事に驚いたのだと。

「普通、スィル様くらいの歳の方は綺麗な花や衣装飾りとか、東方のお菓子とかに興味を持つ事が多いんですけどね」

「私は剣とか動物の方が好きだな、あとこいつ」

土だらけの手でひょいと掴んでみせたのは、棘《とげ》っぽい長めのハサミを頭部に持つ黒々とした甲虫《こうちゅう》だ。大人の親指くらいの大きさで毒などの害は無く、研究や趣味で集める人もいる、割と人気のある虫であった。

「ああっ、その虫は危ないですから背中の部分を摘むようにしないと――」

「挟まれた」

「ああーっ、血が出てるじゃないですかー！」

『いてっ』と虫のぶら下がった手をぷらぷらさせるスィルアッカの指から、少年はハサミ部分を引っぺがしに掛かる。宮殿内に造園中の巨大庭園で、皇女殿下と庭師見習いの少年はいつもこんな感じで穏やかな毎日を賑やかに過ごしていた。

豊富な水を惜しみなく使った緑溢れる美しい庭園は、砂漠の帝国ナッハトームにおいて非常に珍しく、各支分国からの来賓に帝都エッリアの『格』を印象付ける役割も担っている。

事件は、完成した宮殿庭園の完成披露パーティーが行われた日の夜に起きた。

ガスクラッテ帝の息子や娘達は、エッリアの宗主国としての地盤を強固にするという政治的な目的で、まだ年端《としは》もいかない内から各有力支分国に嫁いだり、養子に送られるなどして帝国の各地に散らばっている。

そうして十数年、帝国内での地盤が安定し、世継《よつ》ぎの事を考えなくてはならなくなって来たガスクラッテ帝は、子供達の中で最後に生まれたスィルアッカは手元に置いて可愛がっていた。

行く行くはエッリアの皇女を娶るに相応しい立派な相手を見つけて結婚させ、その者に帝位を譲ろうと考えていたのだ。

今回のパーティーには、スィルアッカの兄や姉にあたる者達が、各支分国からの来賓として故郷エッリアに招かれている。そんな中、故国で父帝より唯一愛情を注がれているスィルアッカに嫉妬した姉の一人が、護衛として連れて来た兵士に彼女を穢《けが》して辱《はずかし》めるよう画策した。

「姉上が内緒の相談？」

「はい。普段から皇帝陛下と直接お話ができる貴女でなければ、色々と問題があるとの事で――」

庭園で開かれているパーティー会場から少し離れた並木沿いの草陰で姉が待っている、と従者を名乗る男に誘われたスィルアッカは、いきなり背後から覆い被さって来たその男に押し倒された。

驚いて悲鳴を上げ掛けたスィルアッカの口に手袋を押し込み、片手で顎を押さえつけて声を封じた男は、怯える少女を組み敷いた。そしてその服に手を掛けると、純白の布を何枚も重ねたパーティー用ドレスのスカートを引き裂く。

「んんーーっ！」

「暴れなさんなって、すぐ気持ちよくしてやるからよ」

露《あらわ》になった太腿の内側に膝を押し込んで足を開かせようと格闘しているところへ、背中に叩きつけられるような衝撃を受けた男は、背後の気配に向かって拳を薙いだ。手応えが有り、木の枝を握った庭師見習いの少年が尻餅を付く。

だが少年はすぐに起き上がって、木刀代わりの枝を振り上げた。

「スィル様から離れろ！」

（セラン……っ）

「ち……人払いくらい済ませといて欲しいもんだな」

スィルアッカを草むらに押さえつけたまま、片手でナイフを抜いてセランに向けた男は、振り下ろされた木の枝を叩いて弾くと素早くセランの喉元にナイフを当てる。

「いいか小僧、これはお前みたいな下っ端にも入らねぇ部外者が首つっ込んでいい事じゃねえんだ」

男は、大人しく見なかった事にして立ち去れと諭《さと》す。しかし、組み敷かれて怯えた眼を向けるスィルアッカのあられもない姿を見たセランは、男がナイフを持つ腕に掴み掛かった。

とにかくこの男をスィルアッカから引き離しさえすれば……少し離れた場所では皇帝陛

下をはじめ宮殿の重鎮や各支分国から招待されている王族大使など来賓が集まったパーティーが行われているのだ。スィルアッカが助けを求めればすぐに宮殿兵士が駆けつけてくれる。

「ちぃっ！　このガキ」

ナイフを奪う勢いで挑んできたセランに片手では対処しきれなくなった男の拘束が緩み、スィルアッカが男の腕から抜け出したその時、ふいにセランと男の動きが止まった。

見開かれたスィルアッカの目に映ったのは、胸部に深々と突き刺さったナイフを握ってよろめくセランの姿。やがてゆっくりと仰向けに倒れるセランに、手袋を吐き出して駆け寄ったスィルアッカが必死に呼びかける。

「セラン！　セラン！」

「スィ……ル……様……――」

微かに答えた声は溢れ出た吐血と共に掠れ、彼の瞳から生気が失われていく。縋りつくスィルアッカにはそれを止める術はなかった。

「うそだ……セランはこんな……――」

お前はこんな死に方をする人間ではないと、スィルアッカは目の前の現実を否定したがる。

怒声や叫び声を聞きつけたパーティーの出席者達が、何の騒ぎかと様子を窺いに集まって来て、男は余計な死体を出して計画が狂ったと舌打ちした。そして死んだ少年に縋り付いているスィルアッカに耳打ちする。

「宜しいですか皇女様、私は貴女の姉君ティレイータ様の指示で事に及んだのです」

「……姉上の……」

ティレイータは、当時ナッハトーム内でも最強の戦力を有していた古い国、ヴェームルッダの王に嫁いだスィルアッカの二つ上の姉である。

グランダールとの戦《いくさ》に負け続けて疲弊し始めていたエッリアにとっては、是が非でも友好を深めておきたい国。ティレイータの護衛兵士である男はどうにか辻褄《つじつま》を合わせて、目的の一部だけでも遂行しようと画策する。

「ガスクラッテ帝を困らせたくなければ、そこで黙って泣いていればいい。余計な事は言うな――宜しいですね？　皇女様」

巧みに脅し宥《なだ》め賺《すか》すようにそう言った男は、宮殿兵に護られながら遠巻きに様子を窺う一同に向かって誤解によるトラブルだと釈明を始めた――スィルアッカ皇女が庭師の少年に襲われていると勘違《かんちが》いして助けに入った際、誤って刺してしまったのだと。

その説明にざわつく来賓達と、顔色を変えるガスクラッテ帝。宮殿兵と皇女付きの侍女が、倒れている少年の傍で座り込むスィルアッカの傍へ駆けつける。

パーティーの出席者達は『まあ、なんと痛ましい』という表情になる。これには本心から気の毒に思っている者と、同情的に振舞いながら内心で皇女様のスキャンダルに興味や嘲《あざけ》りの念を懐いている者が混じっている。

「まさか戯れていただけとは知らず、正義感からつい――」

弁を弄《ろう》する男の主張を耳鳴りの向こうに聞いていたスィルアッカが、ゆっくりと顔を上げた。周りに控える宮殿兵の中から、最近スィルアッカ付きの侍女となった少女が歩み出て心配そうに寄り添う。

「スィル様……？」

「――ふざけるな」

小さく呟いたスィルアッカは少年の亡骸《なきがら》に刺さっていたナイフを引き抜くと、来賓達の方を向いている男の脇腹に突き刺した。辺りに驚愕《きょうがく》のざわめきと悲鳴が上がる。

「な、何をやっておるのだ！」

狼狽《ろうばい》するガスクラッテ帝にスィルアッカは泣きはらした目尻を拭くと、腹に力を込めて大きく息を吸い込み、声の震えを殺しながら叫ぶように言った。

「まったくしゃあしゃあと空々しい事を――父上！　こやつの言った事は大嘘も大嘘、私はこやつに襲われたのです。私を助けようとした庭師の少年が一人死にました」

更に大きくざわめく来賓一同。脇腹を刺された男は脂汗を浮かべながら目を剥《む》く。

男はヴェームルッダの王妃ティレイータ付きの護衛兵士であり、ここでティレイータ王妃を糾弾《きゅうだん》すれば、ヴェームルッダとエッリアの関係は間違いなく紛糾する。

来賓として招かれているヴェームルッダの王妃付き護衛兵士がエッリアの皇女に狼藉を働き、宮殿の使用人を殺《あや》めたなど大問題。だが、ヴェームルッダの古い有力家からはエッリア出身のティレイータ王妃を使った祖国《エッリア》に利する為の自演工作ではないかと反発の声が上がるだろう。エッリア側もヴェームルッダの軍事力という後ろ盾が欲しいとはいえ、宗主国として譲歩《じょうほ》できるような問題ではない。

「……内戦を喚ぶ気か……エッリアが戦場になるぞ」

「子供だと思って甘く見たか、下郎」

小声で警告する男に厳しく言い放ち、ナイフを捻ってさらに押し込むスィルアッカ。皇帝陛下や各支分国からの来賓を前に皇女様を振り払う訳にもいかず、男は堪らず膝を突く。近くに控えていた宮殿兵の腰から剣を抜いたスィルアッカは、身体を翻して回転の遠心力をつけると、叩き付けるように振り下ろした。

あっさりと落ちた男の首が土草を叩き、残された胴体の首元から噴き出す鮮血が一帯を染める。血溜まりから男の首を掴み上げたスィルアッカは、来賓者達に混じって場の様子を窺っていた姉にそれを掲げた。

「姉上！」

ティレイータ王妃がびくっと肩を震わせる。彼女の周りに控えていた侍女が何人かふらりと気を失い、同じように来賓のパーティー出席者からも気絶して倒れる婦人が続出する。

「こやつ、事もあろうか姉上の指示で私に無礼《ぶれい》を働いたなどと妄言を吐いておりましたぞ！　しかしこの通り、私が討っておきましたゆえ――」

今後も姉上の名を騙《かた》って偽りを通そうとする下郎は悉《ことごと》く血祭りに上げてみせましょうやと、スィルアッカは笑みを浮かべる。これは当事者同士にしか分からない、スィルアッカから姉ティレイータに対する警告。もしくは宣戦布告であった。

ぼたぼたと赤の滴《したた》る生首を掲げ、身の丈に合わぬ剣を手に血溜まりの中で微笑む少女。その壮絶な光景に皆が声を失う。凍りついたような庭園の一角。皇女付き侍女の少女がスィルアッカに付いた血糊《ちのり》を拭《ぬぐ》いに動いた事で、ようやく周囲の時が動き出す。

この時、ガスクラッテ帝は自身の後継者にはスィルアッカを、次期皇帝の座を預けられるのはこの娘しかいないと強く確信したのだった。

◆◆◆

「……久しいな」

「スィル様？」

お昼寝中だったスィルアッカが起き抜けに呟いた言葉に、ターナは小首を傾げる。

「いや、何でもない。キョウヤは部屋か？」

「はい、例の高級触媒について色々調べているようですよ」

スィルアッカが『皇女殿下は男嫌い』という設定にしてあるのは、その方が将兵達に受けが良いからである。だが、その裏には更に深い理由もあった。その理由に関係する昔の夢を見て、何となく憂鬱《ゆううつ》な気分になったスィルアッカは、自然と京矢の事を考えてしまう。

「そうか。ひ弱に見える割りに、妙な行動力がある奴だからなぁ」

「うふふっ、ひ弱と言っては可哀そうですよ。まだ体力も戻ってないのでしょうし」

口さがない言い方をしているが何処となく楽しそうなスィルアッカに、やはりあの少年と雰囲気が似ている事で京矢に気を許しがちなのでは？　と、ターナは冷静に自身の主を観察する。行き過ぎるようであれば諫言《かんげん》も考えなくてはならない。

過去に起きたあの事件は結局、ヴェームルッダ側が一兵士の犯した失態としてエッリアに詫び、ガスクラッテ帝も娘ティレイータを王妃に迎えた大事な軍事同盟国に寛大な対応を示して終わった。

いわば、スィルアッカが自ら裁いた実行犯の男をスケープゴートにする事で両国の軋轢《あつれき》を回避しつつ、ティレイータ王妃のみならずスィルアッカに嫉妬していた他の兄弟姉妹達にも警告した形になったのだ。

ただの偶然なのか、スィルアッカが狙ってやった事なのかは、ターナにも分からない。

「さて、それじゃあ食事がてら様子でも見に行くか。コウはグランダールに出掛けているのだったな？」

「はい。冒険者協会の情報を集めに行くのだそうです」

スィルアッカがコウを連れて回る公務、通称『敵味方判別巡り』がひと段落したので、暫く自由に活動できるよう休暇を与えている。

◆　◆　◆

数日前、コウは文字通り鳥になって飛んでいった。休戦協定の調印式で赴いた国境地帯の砦から連れ帰ってきた伝書鳥に憑依して、グランダール領まで出掛けているようだ。

王都トルトリュスの冒険者協会中央本部まではさすがに遠いので、砦近くの街アリアトルネを訪れたコウは、この街の冒険者協会を探して上空を暫し旋回《せんかい》。それらしい建物を見つけて屋根に降り立った。重要な街なので情報も早い筈だとあたりをつけている。

伝書鳥には屋根で待っていて貰い、壁に張り付いていた小さな虫に憑依したコウは、屋根の隙間から建物の中に入った。

休戦協定によってナッハトームとの交易が緩和《かんわ》される見通しが立ち、多くの商人達がアリアトルネを訪れており、一階は護衛を探す交易商人や仕事を探す冒険者達で賑わっている。

建物の上階をふよふよと探索していたコウは、協会幹部の人達が集まる部屋を見つけて潜入。天井に張り付いて彼等の会話などから情報を集め始めた。

その中で、市場の安定を謳《うた》ってダンジョン最下層にある装置の破壊を禁ずる処置をとる方針が推されているらしい情報を拾う。コウが現場で得たこれらの情報は、エッリアの離宮にある奥部屋で京矢もリアルタイムで共有していた。

「こりゃやっぱ値上がりするんじゃないかな」

「うん？　どうしたのだ？」

奥部屋で例の書物から現状の技術で開発できそうな機械類の物色をしていたスィルアッカは、同じテーブルで書物の内容を解説させていた京矢の呟きに顔を上げる。

「いや、ついさっきコウが拾った冒険者協会の情報でね、ダンジョンの装置を破壊禁止にするって方針で進めてるらしくてさ」

今後も大量の触媒骨が容易く供給されるであろう事を見越しての値崩れなら、それが無理になると分かれば値段が戻る筈だと京矢は読む。読みの内容自体は特に珍しい訳でも優れている訳でもないが、正確な情報に基づいた予測という強みがある。

今の内に買えるだけ買い付けておく事を勧める京矢にスィルアッカは、機械化技術や魔導技術の研究の事もあるので触媒を買い溜めておくのに異存はないのだが、先立つものが無いと肩を竦めた。

「あ～金が無いのか～」

「……もう少し言葉に配慮しろ」

単なるポーズとしてだが、今後は京矢に機械化工場の視察などにも行って貰う予定なのだ。スィル将軍直属の立場にある者が兵士や技術者達の前で『金が無い』では格好が付かない。

「お金が足りてない？」

「一緒だそれは！」

噴き出すターナをさておき、『準備に不備がある』とか、もっと言い方があるだろうと突っ込むスィルアッカに、京矢は『ああ！　なるほど』などと言いながらポンと手を打ったりしている。

「まあその辺りはどうにか遣《や》り繰りしているからな、キョウヤが気にする事ではないさ」

「うーむ」

書物の検索に戻ったスィルアッカはそう言って笑いかける。離宮の奥部屋で異世界の書物《ゲームの解説本》に向かう京矢達は、そんな調子で夕刻まで過ごしたのだった。

◆

◆

◆

各支分国の王族や大使が滞在する際に使われる宮殿上層階の部屋。その一室で、護衛も兼ねたマーハティーニの連絡諜報員から報告を聞いたメルエシードは憂鬱そうに溜め息を吐いた。

「そう、ディード兄さまはまだこっちに来られないのね……」

兄ディードルバードは反乱軍の征伐の為に帰国しており、いつもより長引いているので暫くエッリアには来られない。

スィルアッカには離宮庭園での一件で未だ距離を置かれており、宮殿の使用人や侍女達はスィルアッカの息が掛かっているので、あまり話し相手になってくれない。

他の国の大使や将校達も、とばっちりを恐れてか自分に関わろうとしない為、エッリアでは彼女が親しく振舞える相手が居ない。

「……つまんない」

ふっと溜め息を吐く、実は寂しがりやなメルエシード。連絡諜報員が去った後、暫くベッドでごろごろしたり枕で一人遊びをしたりしてみたが、余計に空《むな》しくなってしまった。

気晴らしに夜の庭園でも歩こうと、一人薄暗い部屋を後にした。


離宮の庭園と比べて倍以上に広く大きく、夜でも色とりどりの花々が鮮やかに照らし出される宮殿の庭園。実はグランダールのトルトリュス王宮群にある庭園を真似て造られたという、ガスクラッテ帝の前で口にしてはいけない周知の事実があったりする。

「ん～資金か～」

機械化技術開発で支分国にそれなりの借金を残すエッリアは、現状を維持するだけでも資金繰りに苦労しているらしい。今後の発展に向けて新たな研究開発に魔導技術研究の基本となる触媒を揃えておきたいのは山々だが、金が無い。

今のところ殆どタダ飯食らいの状態なので何かスィルアッカ達の為になる事をしたいと考える京矢は、高級触媒でひと儲けするチャンスをどうにかモノにできないかと悩んでいた。

現在、ダンジョン関連の取引される品は情報が錯綜《さくそう》して高騰したり下落したりしている。

時期を逃すと『装置の破壊禁止令』が正式に発表されて全て正常化されてしまう。

「半値近い今の内に買っといた方が、後で売らないとしても得なんだよな――て、あっ」

「あ……」

迷路のように整えられた垣根《かきね》の角を曲がった所で、京矢はメルエシードと鉢合《はちあ》わせた。

互いに姿を確認して思わず動きを止める。

「や、やあ。元気？」

「……」

とりあえず、軽く挨拶してみる京矢だったが、メルエシードはそわそわと落ち着かない様子で周囲を見渡した。京矢を護衛している者がいる筈だと監視の目を気にしているのだ。

「……無視された……」

「え？　ち、違うわよっ。わたしはただ……」

どよーんと落ち込む京矢に慌ててフォローの言葉をかけたメルエシードは、問題があるなら向こうから介入して来るだろうと開き直り、京矢の話し掛けに応じた。

「ハァ……あなた、こんな所をひとりでウロウロしてていいの？」

「ん、一応コウと同じくらい行動の自由が許されてるんだ」

離宮の奥部屋にいても特にする事は無し、離宮《向こう》の庭園は歩き尽したので宮殿《こっち》の庭園も散策してみようと、悩み事について考えがてら散歩に来たと説明する。

「悩み事？」

「うん、ちょっとね」

機械化技術の情報とは直接関係しない、ほぼ個人的な思い付きによる買い付け計画。これなら話しても大丈夫だろうと判断した京矢は、ひと儲けできそうな話があるのだが資金が無くて困っていると正直に話す。

個人の思い付きではあるがエッリアに貢献するにはそれなりに規模の大きな取引となるので、個人レベルの資金では全く足りない。

「エッリアって結構借金してるんだってなー」

「ええ、そうね……機械化技術の開発費用に、マーハティーニからもかなり投資してるってお父様が言っていたわ」

この前の戦《いくさ》でせしめた捕虜の身代金で少しは借金を減らせたようだが、戦《いくさ》の出費が大きかったのでエッリアの財政的にはあまり変わらないようだ。そんな話をしながら、メルエシードはちらりと京矢の横顔を窺う。

スィルアッカ皇女からの信頼を損ねる事はないという確信でもあるのか、あからさまに自分から距離をとる事もせず、普通に接して来る京矢に少し興味を持ち始める。

「ねえ、あなた……スィル姉さまからわたしと話さないように言われていないの？」

「んにゃ、別に？」

「……」

「まあ俺はちょっと境遇が特殊というか事情が事情だから、皇女様のご機嫌を窺って行動制限しなくちゃならないほど切実でもないんだ」

勿論、わざわざ皇女殿下の機嫌を損ねるような事はしないぞ？　と付け加える京矢に、そりゃあそうでしょうよとメルエシードはジト目を向ける。やはり機械化兵器の情報を握る異世界人だからこそ、その扱いや待遇も一有力支分国の大使とは一線を画しているのかと彼女は推察する。

「まあそれはそうと……大丈夫か？」

「は？」

「いや……なんか寂しそうに見えたからさ、この間のアレで他の人からも避けられてるんだろ？　あんまり酷いようなら俺から言っとくぞ？」

「なっ、なに言ってるのよ……スィル姉さまを怒らせちゃったんだから、避けられるのは当然だし……仕方ない事だし……」

最後の方はもごもごと小声になって視線が泳ぐ。彼女はマーハティーニの王女として、或いは誘惑した相手などからチヤホヤされた事はあっても、真摯《しんし》に優しくされた経験があまり無く、胸を打つ謎の動悸《どうき》に戸惑っていた。

「さて、そろそろ戻るとするか」

「え？　あ……」

『またなー』と誰かによく似た仕草で手を振り離宮の方へと去っていく京矢を、メルエシードは複雑な視線で見送るのだった。

◆　◆　◆

国土の大半が険しい岩山と渓谷《けいこく》で形成され、ナッハトームで資源採掘国として存在感を増している有力支分国マーハティーニ。

岩山を刳《く》り貫いて造られたと言われる王宮で政務に励むレイバドリエード王には、エッリアに置いているメルエシードからスィルアッカ皇女殿下に資金提供を行う提案がなされていた。それに関して、今は連絡諜報員の詳しい報告に耳を傾けている。

「では、その異世界の技術者にマーハティーニへの関心を持たせる事が期待できるという訳だな？」

今後、次期皇帝の座にディードルバード王子を推すに当たり、エッリアの財政状況改善に関してスィルアッカ皇女が手柄を独占するのを防ぐ方法としても有効だ。そう判断したレイバドリエード王は、高級触媒買い付けの資金提供に乗り出す事を決めた。

「それと、メルエシード様の事ですが――」

ここ最近見られる心境の変化など、連絡諜報員はメルエシード王女が例の異世界人に対して好意を持ち始めているようだという、推察できる限りの内心の動きも報告する。

「いつもの気まぐれではないのか？」

「いえ、メルエシード様はあの異世界人の青年を誘惑しようとはなさりませんでした」

明らかにこれまでとは接し方が違っていた。今回の提案も、資金を用意できないでいるスィルアッカ皇女に恩を売る形を装っているが、本音はその異世界人の気を惹《ひ》きたい気持ちが大きいようだと見られる。

「ふむ……そろそろアレにも役に立ってもらうか」

策略家の眼でそう呟いたレイバドリエード王は、メルエシードの名が入った書類にサインを入れてエッリア担当の連絡諜報員を下がらせると、この件に回せる資金の調整の為に財務官を呼びつけた。

◆◆◆

この日、コウが帰還する事を以心伝心で確認した京矢は、離宮の屋上で空を眺めながら伝書鳥が帰ってくるのを待っていた。『今エッリアの下街が見えたよー』とか『宮殿の近くまで来たよー』などのメッセージがリアルタイムで意識の奥から伝わってくる。

やがて上空に一羽の鳥が現れた。京矢の頭上を越えて屋上の床へと急降下したその鳥が着地寸前でスイッと上昇を見せると、召喚の光と共に現れた少年コウがすちゃっと着地。その肩に伝書鳥が降り立ち、幾つか舞った羽毛が風に吹かれて弧を描く。

「おおっ、かっけぇ！　おかえり」

「えへへー、ただいま」

任務ご苦労とハイタッチを交わす二人のもとへ、何やら腑《ふ》に落ちない表情のスィルアッカがやって来た。

「キョウヤ、例の資金の事だが――ああ、戻ったのかコウ、丁度良かった」

「ただいまースィル。どうしたの？」

「なんか難しい顔してるな」

「うむ、実はついさっきマーハティーニの使者が訪ねて来てな」

マーハティーニから自分宛てに資金提供の申し出があったのだと、スィルアッカは戸惑った様子のまま説明する。まだどういった意図での資金提供なのかは分からないが、とりあえず必要な金額を知らせて欲しいと要請が来ているのだとか。

「一応、下で待たせているのだが、コウ」

「うん、わかった」

使者には詳しい目的まで知らされていない可能性もあるが、相手の思惑を探る為にスィルアッカはコウの力を借りる。せっかくなので京矢も同席させて交渉の雰囲気に慣れさせ、皇女直属としての経験を積ませる。

マーハティーニからの資金提供を受けた事により、エッリアは今後ナッハトームでも魔導技術研究を進めるという名目で、高級触媒を大量に買い付けて確保する事ができた。

スィルアッカはマーハティーニに資金を出して貰った事で、技術提供の催促《さいそく》が強まるのを懸念していた。しかしレイバドリエード王は、離宮の一件に触れて娘の行動を詫びる言葉を添えて『投資』という形を取っている。関係改善を狙う意味もあったのだろうと納得したスィルアッカは、これを機にメルエシードへの懲罰制裁を一部解除し、以前ほどではないが親しく振舞う事を許した。

コウによれば、まだ味方とは言えないが、メルエシードのスィルアッカに対する敵対度は随分下がっているらしい。


それから間もなく、冒険者協会より『ダンジョン最深部に存在すると思われる装置の破壊を禁止する』という条例が、グランダール王室とエイオア政府から発表された。

高級触媒の市場や世間の動向については、値崩れの影響で多くの研究者達が高級触媒を大量に使えるようになり、研究が進んだ結果、より高性能な製品が作られるようになった。おかげで質の高い触媒を必要とする商品が増え、高級触媒の需要《じゅよう》も更に増える事になったのだが、その矢先に発表された『装置破壊の禁止令』によって市場は一時混乱。触媒の買い占めが多発してかなりの高騰を見せた。

暫くは大買いした所が売りに出す分で供給は安定するだろうが、今後はどうなるか分からないと、値段は元の価格より少し高めで安定。触媒骨の売買で儲ける骨富豪が各地に現れる事となった。

エッリアも例に漏れず、余った分を売りに出して利益を得た事により、支分国への借金を一気に減らせた。

「これでようやく魔導技術研究施設も稼動させられますね、スィル様」

「そうだな、まあ機材を揃える前に掃除から始めねばならんだろうが」

「くすっ、そうですね、随分長く放置していましたから」

水源汚染のジレンマに苛まれながらも街の近くに置く機械化兵器工場とは別に、魔導技術研究用の工場施設はエッリアの領地で街から離れた場所に幾つか建設されていた。だが、こちらは資金不足と人材不足で使われないまま放置されていた。

魔導技術研究が進めば、機械化戦車の動力や機械化兵器全般の性能向上が見込める。その為の資金も触媒の売買で得る事ができたし、人材も休戦協定によってエイオアやグランダールから売り込みに来る魔導技士が増えている。

マーハティーニが集めるだけ集めて囲っていた技術者達の中からも、本当に研究をしたいと思っていた者が高給高待遇を蹴ってエッリアにやって来ている。上手く事が運んでますます京矢に対する信頼を深めたスィルアッカは、このところずっと上機嫌であった。

◆　◆　◆

最近日課となっている宮殿庭園の散歩を楽しんでいた京矢は、いつもの場所でいつものようにメルエシードと顔を合わせると、他愛無い世間話などをしながら歩く。特に示し合わせている訳ではないのだが、京矢は大体いつも同じ頃にここへ足を運ぶ。

以前はメルエシードとよく顔を合わせるので、『ワザと会いに来ていると思われるのも恥ずかしい』と散歩コースを変えてみた事もあった。だがその場合は彼女の方が不自然な場所から『あら、偶然ね』とツインテールにくっ付いた葉っぱを払いながら現れたりする。

会わなかった翌日にやたらしょんぼりしている姿を見掛けたりもしたので、空気を読んだ京矢は堂々と会う事にしたのだ。

「今度また施設の視察に行く事が決まっててさ」

「魔導技術研究施設ね？　マーハティーニ《うち》からも魔導研究の技術者がエッリアに流れたって、お父様が言ってたわ」

「キョウヤ」

本格稼動が始まる魔導技術研究施設について話していた二人に、スィルアッカの声が掛かった。皇女殿下は側近のターナを連れて凛々しく歩いてくる。

距離を置かれる事は解除されたが以前ほど彼女にベタベタしなくなったメルエシードは、マーハティーニの王女として挨拶する。スィルアッカも頷いてそれを受けると、例の施設視察の件で話があると言って、京矢を連れに来た事を話す。

「私の予定が入ったので同行者の面子を考えねばならん」

「あー、新型戦車のお披露目だっけ。キャタピラ外れないようにするのに随分掛かったもんなぁ」

「キョウヤの助言が役に立った、感謝している」

「いや、あれは助言って言って良いんだろうか……」

『後出しでセンターガイドの事を指摘しただけなんだけどなぁ』などと頭を掻く京矢を、謙遜《けんそん》するなとスィルアッカが穏やかな表情で見つめる。そんな会話を交わす二人に、メルエシードは表情をやや固くしている。

スィルアッカと特に親しい者でもなければ気付けないが、色々と事情を知るターナの他、ある意味で同じような立場にあるメルエシードは、スィルアッカの京矢を見る目が女のそれだと気付いている。

「……」

メルエシードはディード王子に続いて、京矢についてもスィルアッカに嫉妬する事になった。国に帰ればいつでも会える兄王子と違って、今度スィルアッカ皇女の機嫌を損ねれば京矢とは二度と会えなくなってしまうかもしれない。それを思えば軽率な行動は取れない。

表面上は極めて穏やかで良好な関係に見える三人の姿は、宮殿内でも注目を集めていた。

その夜。離宮の屋上で緑色の月を眺める京矢は、唯一心底から気を許せる相手、というか根底で繋がっている相手と本当の意味で穏やかなひと時を過ごす。

「なんつーか、平和な日本でならスゲー喜べる状況なのになぁ」

「でも、メルとか『ヤンデレ』？　になりそうだよね」

「怖い事言うなよ……」

コウを通してスィルアッカとメルエシードの気持ちの変化まで把握してしまっている京矢は、やっぱり人の内心なんて分からないでいた方がずっと楽だと悩む羽目に陥っていた。

「どっちに媚びても媚びなくても角が立つ……」

「こまったねぇ」

のほほんと他人事なコウに、京矢はジト目を向ける。

「お前は悩みがなくていいよなっ」

「えへへー」

コウの頭に手を乗せてわしゃわしゃする京矢と、されるがままになっているコウなのであった。

13

ナッハトームの西方に広がる砂漠を、砂色のローブを纏った一団が夜の闇に紛れて移動する。約二〇人程の若者で構成されたその小集団は、明かりも持たず、軽装で荷物を背負って帯剣している姿は商隊には見えない。冒険者グループとも違うようだ。

五人一組で等間隔に列をなして黙々と歩き続ける彼等は、やがて目的の地点に到着すると、荷物の中からナッハトーム正規軍の装備一式を取り出した。速やかに装着を済ませて再びローブを纏う。

砂峰《すなみね》に身を隠す彼等が見下ろす先には、砂漠の真ん中にぽつんと置いた箱のような飾り気のない大きな建物があった。

「あれか」

「警備の兵はあそことあそこだ、裏にも二人と中に交代要員がいる筈だ」

リーダー格の男が指し示した先で、警備兵の持っているらしき小さなランプの光がゆっくりと移動している。

「思ったより少ないものだな。あまり重要な施設ではないのか……」

「早朝の交代時間に仕掛ける、それまで待機だ――バッフェムトに自由を！」

「自由を！」

言葉少なに他の仲間にも必要事項を伝えて『誓いの言葉』を復唱し合った彼等は、見張りを立てながらひと塊になって休憩に入る。携帯食を齧《かじ》って木の実の汁で喉を潤し、ローブに包んだ身体を半分砂に埋めるようにして、男達は仮眠を取り始めるのだった。


エッリア宮殿の周りを囲む軍施設地帯の一角にある訓練場では、ナッハトーム軍の戦士達が連日鍛錬《たんれん》に励んでいる。

剣や槍、弓といった基本的な武器を使う訓練施設の他に機械化兵器を扱う施設もあるが、こちらは技術情報の漏洩防止の為、施設内にある屋内訓練場が使われていた。

〝携帯火炎砲〟の改良に向けて意見を聞きたいと屋内訓練施設に招かれていた京矢は、兵器の実演を見ながら幾つかアドバイスをして、照準装置を使った命中精度の向上や、更なる小型化による携行性の改善案などを挙げた。

現在の携帯火炎砲はグランダール軍の〝魔導小銃〟に比べると二回り程大きくて取り回しが利き難《にく》い。威力は互角だが連射性も劣っている。燃費の悪さに至っては、もう比べてはいけないレベルの差があった。

グランダールの魔導技師アンダギー博士が作る魔導小銃は、内燃魔導器の中で爆発系の魔術を発現させて別工程で精製された火炎弾を射出するという機構なので、基本的に弾切れする事はない。

対して携帯火炎砲は魔術用の触媒を使って筒の中で爆発現象を起こし、触媒の先端部分を飛ばす方式なので、一発撃つ毎に一個の魔術触媒を消費する。しかも規格に合わせて触媒を加工しておく必要があり、質によっては不発や暴発を起こす危険もある。

「使うのにも維持するのにもコストが掛かるところまで現代兵器そっくりになってるなぁ」

特に銃器類に詳しい訳でもない京矢にできるアドバイスなど、たかが知れている。それでも『銃という武器を知っている者』による細かい部分への指摘は、技術者達にとって新しい発想であり、大いに研究開発の刺激となっていた。

その帰り道、施設から宮殿の敷地まで体力作りも兼ねて徒歩で移動していた京矢は、一般の訓練場前を通り掛かった。ここは整地されたグラウンドのような広さの浅い砂地が広がり、訓練用の案山子《かかし》や的が備え付けられている。

簡単な屋根のついた武器置き場には訓練用の模擬剣や槍などがずらりと並べられていて、時折雇われた鍛冶職人がやって来て壊れた模擬剣の修理などを行う。刀剣類に興味があった京矢はちょっと見せて貰おうと、武器置き場に立ち寄った。

「おい、あれ見ろよ」

「最近スィル将軍の直属についた奴だな」

嘘か真か、異世界からやって来てスィル将軍に機械化技術を売り込んだ技術者らしいと、京矢の事は下っ端兵士達の間でも色んな尾ひれを付けながら噂になっている。

「あいつがあんな金食い虫を持ち込んだ張本人か……」

「確かに相当な金が掛かったって聞くな」

「この頃は機械化兵器部隊ばっか持ち上げられてるし、我が軍も随分と様変《さまが》わりしたもんだ」

「実際、戦果もかなり上げてるからなぁ」

この会話の通り、機械化兵器は現在のナッハトーム軍で主流となりつつある。その先駆《さきが》けとなった市販品である機械化連弓の成功でヴェームルッダに借りる兵の数が減り、エッリアの兵士が脚光《きゃっこう》を浴びるようになった。

それも長期間の経験を積んだベテラン兵士ではなく、比較的若い層の兵士が目立っている。というのも、機械化戦車や携帯火炎砲、滑走機など、機械化兵器に関してはベテラン兵士よりも若手兵士の方が扱いに優れる場合が多いからだ。

「しっかし……ありゃあ本当に男か？　女みてぇに細い奴だな」

「だから将軍も傍に置いてるんじゃないかってうちの部隊長が話してたぜ」

スィルアッカ皇女殿下は『スィル将軍』として兵士達の間で絶大な人気を誇っている。それだけに、機械化兵器をもたらした異世界人としてスィル将軍から特別扱いを受けているとされる京矢は、兵士達から少々目の敵にされている部分があった。

そんな折、『ちょっとからかってやれ』とばかりに兵士の一人が声を掛ける。

「キョーヤー殿、剣に興味がおありなら少し振るってみませんか」

「え、いいの？」

当の京矢は本物の剣に興味があったので触らせて貰う事にした。だが、訓練用の刃を潰した模擬剣は中々に重く、本来片手で使う剣でも両手で持たなければまともに振るえない。

腕力が落ちている事を差し引いても五、六回の素振りでへとへとになってしまい、自身の力の無さも然る事ながら『こりゃ兵士は大変だなぁ』と実感する。

「ちょっと手合わせしてみませんか、キョーヤー殿」

「いやいや無理だからそれ。つか『キョーヤー』じゃなくて『京矢《キョウヤ》』ね」

振り回すだけでもひと苦労なのに手合わせなんてできる筈がないと京矢は肩を竦めつつ、呼び名の訂正を求めてみる。

「まぁまぁそう言わずに。スィル将軍の直属に選ばれる者の実力を見せてくださいよぉ、キョーヤー殿」

「……？」

兵士達はニヤニヤ笑いを貼り付けた顔で、微妙に周りを取り囲んでくる。それに違和感を覚えた京矢はようやく、彼等から悪意を向けられているらしいと気付いた。

コウが傍に居れば意識しなくても近くに居る人間の内心が伝わってくるので、相手の表面と内側とのギャップなどをよく観察したりしていた。だが、宮中の狸達と違って訓練場の兵士達は良くも悪くも真っすぐだ。

（気持ちは分からんでもないが……）

何となく、人気アイドルの親衛隊にでも囲まれている気分になる京矢だったが、そこへ――

「あなた達、そこで何してるの？」

ツインテールにした金髪を風に靡かせ、皇女殿下の宮中服に負けず劣らずな露出度の高い衣服で脚や鎖骨《さこつ》や首筋付近に兵士達の視線を集めながら、翠眼の少女がしなるような仕草で歩み寄る。マーハティーニの王女メルエシードだ。

宮殿の軍施設区画にはまだ立ち入りを禁じられているが、その周りの軍施設地帯は機械化兵器工場などの最重要施設を除いて自由に出入りできる。

メルエシードにとってはスィルアッカが居ない間こそが京矢と親睦《しんぼく》を深めるチャンスなので、移動時やひと仕事終わった後の僅かな隙間の時間を狙って彼と会うようにしていた。

今日は機械化兵器の訓練施設に出掛けているという事で、施設から京矢が戻るのを待っていた。そこで空《から》で帰って来た送迎馬車の御者から徒歩で戻る事にしたらしいと聞いて、宮殿から施設までの道のりを辿って来たのだ。

「これはこれはメルエシード様」

「こんなむさ苦しい訓練場に何か御用で？」

「彼に用事があるのよ。行きましょう、こんな所で遊んでるとスィル姉さまに叱られるわよ？」

「あ、ああ……じゃあ早く戻るか」

それじゃあこれでと、マーハティーニの王女様に手を引かれながら去っていく異世界人に『あの野郎、メル様まで……』という兵士達の嫉妬交じりの視線が向けられる。

何だか状況が悪化しているような気もする京矢だったが、『とりあえず助かったよ』と並んで歩くメルエシードに礼を言った。

「あなた、スィル姉さまの直属なんだから、もっと偉そうにしてなくちゃダメよ？」

「堂々とじゃないんだ？」

下っ端の兵達に舐《な》められては後々問題になるわよ、とメルエシードは忠告した。肩書きだけでは人の意識まで支配できない。使う側にいる人間が相応の毅然《きぜん》とした振舞いをしなければ、部下はついて来ないものだ。

「あなたの下に居る者にはちゃんと命令して動かして掌握してやらないと、曖昧な態度はつけあがらせるだけなんだからね？」

「善処《ぜんしょ》します……」

上に立つ者の心得を説かれながら宮殿まで一緒に歩いた京矢とメルエシードは、宮殿前でこれから出掛けようとしていたスィルアッカと鉢合わせた。いつも通り、メルエシードがマーハティーニの王女としての挨拶をして、スィルアッカもそれを頷いて受ける。

「じゃあわたしはここで、またね。スィル姉さまも、ごきげんよう」

メルエシードはそう言って軽く手を振りながら、何処か優越的《ゆうえつてき》な笑みをちらっと浮かべてから去っていった。それにスィルアッカは僅かに頬を引きつらせ、降って湧いた奇妙な空気に、京矢ははてな、と小首を傾げる。

「どうかした？」

「いや……なんでもない。戻るぞ」

「あれ？ 何処かに出掛けるんじゃなかったの？」

「ああ、それはもう済んだ」

スィルアッカは出遅れたかと小さく呟いて、宮殿に帰っていく。その後に続いた京矢は、離宮の奥部屋に戻る途中でコウに会い、全てを理解して軽く頭を抱えた。

訓練場で京矢が『兵士達から悪意を向けられている』と感じた瞬間、それは自動的にコウへと伝わり、コウからスィルアッカに伝えられる。

コウの報告を聞いたスィルアッカは即座に訓練場へ向かおうと私室を出たのだが、宮殿前まで降りて来たところでメルエシードと歩く京矢と鉢合わせ。ある意味、お互いに何も言わずとも分かり合えているメルエシードから、ワンポイントリードしたという優越の笑みを見せられたのだ。

「あぁあ……色々状況が悪化している」

「こまったねぇ」

「なんとかしてくれ」

「むりだねぇ～」

テメーコノヤロー――この日の離宮の廊下では、追いかけっこをしてじゃれる異世界人と少年従者の姿が見られたという。

◆　◆　◆

機械化技術製品の動力には魔導技術が中心に使われており、魔術触媒の購入に多額の資金を出した関係で、ナッハトームでの魔導技術研究にマーハティーニが本格的に参入すると発表された。

基本的に鉱山の採掘や製鉄に関連する施設しか持たないマーハティーニは、新たな研究用施設を作るに当たってエッリアの魔導技術研究施設を参考にさせて欲しいと要請。ガスクラッテ帝はこれを了承している。

「研究施設の視察かぁ……遠いし、一日掛かっちゃうわね」

「明日、我が国の研究員がエッリアに到着しますので、出発は明後日となります。それからこれをメルエシード様に――」

「手紙？」

「レイバドリエード王から、重要な手紙なので読み終えたら処分するようにとの事です」

本国からの通達を届けたいつもの諜報連絡員はそう言って一礼をすると、静かに退室していった。

「お父様からわたしに手紙なんて、珍しい……」

手紙には、触媒の買い付けに資金提供をするようにというメルエシードの提案が、マーハティーニの魔導技術研究の参入を容易にしたとして彼女の働きを称える言葉が綴《つづ》られ、続けて短くこう記されていた。

『我が祖国と兄ディードルバード王子の為に、マーハティーニの王女として役に立て』

添えられた一文の意味はよく分からなかったが、これからもその調子で上手くやれというような意味だろうと解釈した。何よりも、父王に褒められた事が嬉しかった。

今までそれなりに大事にされて来たとは思っているが、レイバドリエード王から父親としての愛情というべきものを感じた事はなかった。

ガスクラッテ帝から目に見えて親の愛情を注がれているスィルアッカに、羨望《せんぼう》と妬《ねた》みを懐いていたメルエシードは、ようやく一つの答えを見つけたような気持ちになった。

「そっか、スィル姉さまはエッリアと皇帝陛下のお役に立ってるものね。だからあんなに……わたしも、もっとお父様の役に立てれば——」

父が兄に強い期待を寄せているのも、反乱軍征伐などで活躍してマーハティーニに貢献し、父王の助けになっているからに違いない。

資金提供の提案はあの異世界人の気を惹きたかったのが本音ではあるが、今回のように上手く事が運んで祖国に貢献し、父王の役に立てれば、きっとまた褒めて貰える筈だ。兄王子に対するのと同じように、もっと自分を見てくれるようになるかもしれない。

「研究施設の視察、頑張らなくちゃ」

魔導技術に関する知識などサッパリなので本当にただついて行くだけなのだが、一応マーハティーニ王女としての公務である。しっかり自分の務めを果たさねばと張り切るメルエシードであった。

◆　◆　◆

先日に引き続いて軍施設地帯にある機械化兵器専用の屋内訓練場を訪れた京矢は、併設《へいせつ》されている機械化兵器の研究開発施設から運ばれて来た試作品の実験を見学していた。

今日はスィルアッカとターナが一緒で、コウは魔導技士ティルマークと話をしにルッカブルク卿の屋敷に出掛けている。

「これは……」

「お前が言っていた『拳銃』というモノに近づけて小型化した携帯火炎砲の試作品だ」

そう言ってスィルアッカは、手にした新型銃を京矢に差し出す。

銃身を短くした二連装の携帯火炎砲。京矢の世界の銃で表現するなら、カンプピストルを縦二連式デリンジャーのようなデザインにした連装銃だ。

「安全確認は済ませてある。今後お前の護身用武器として持っておくといい」

「護身用にしちゃでっかいけど、威圧感も武器の効用の一つだからなぁ」

一応、試し撃ちをして気付いた点があれば教えて欲しいと要請された京矢は、屋内訓練場で実際に射撃を行ってみた。結果、武器の性能なのか自分の腕の問題なのか、或いはその両方か、十発撃って的に当たったのは二発という有様《ありさま》であった。

「これはひどい」

それでも威力は中々だ。接近戦用の飛び道具であると認識する事にした京矢は、使う機会もまず無いだろうなどと思いつつ、ベルトに付けた専用のホルスターに小型携帯火炎砲を仕舞う。

「ふむ。なかなか様《さま》になっているじゃないか」

「ああ、衣装と結構あってるかもね」

スィルが褒めると、京矢も自分の姿を改めて見てみる。

京矢が普段着ている衣服は異世界人である事を強調するよう、デザインに工夫を凝らしたエッリア産の高級衣である。

装飾の少ないシンプルなチュニック風シャツとパンツの上に、これまた装飾のない無地のベストを着ているので、無骨《ぶこつ》な小型携帯火炎砲とそのホルスターの素っ気無いデザインがマッチしているのだ。

「異界の戦士っぽい？」

「いや、得体の知れなさが良い感じで威圧感になっている」

今のは褒められたのか揶揄されたのか分からんと、リアクションに迷う京矢なのであった。

14

セピア色に染まるほどには古くない、今からほんの数年前の記憶——

王宮のテラスから見渡す景色は、灰色の岩山と渓谷が続く世界。部屋に戻れば鮮やかな色合いで染め上げられたフカフカの絨毯やフリルの付いたカーテンが出迎え、やわらかいベッドには動物のぬいぐるみが沢山飾られている。

メルエシードの為に用意されたその部屋は、賑やかな極彩色とは裏腹に、いつも暗く寂しい。人と接する事が苦手だった彼女は、王宮の廊下などに垂れ下がる厚手のカーテンの裏に隠れながら、使用人達の噂話に耳を欹《そばだ》てて外の世界の事を学んでいた。

「ディード様がとうとう部隊を指揮する立場に就かれたとか」

「さすがよねー。美男子で勇敢で賢くて、国王様が入れ込む気持ちも分かるわぁ」

「なんでもエッリアの皇女様と手合わせして互角だったんですって？」

「ここだけの話、国王様は将来ディード様を皇帝陛下の後継者に推すつもりなんだそうよ？」

兄が褒められているのを聞くのは嬉しい。普段構ってくれない父王の代わりに、ディードはいつも優しくしてくれる。しかし最近は剣の稽古や軍の人達と難しいお話をしたりする事に忙しいらしく、あまり遊んで貰えなくなった。

「それにしても、ディード様はどんどん立派に成長なさってるのに……メル様は相変わらずね」

「今日もお部屋に居なかったの？」

「そーなのよ、たまに居たかと思えばすぐベッドやカーテンに隠れちゃうし」

「照れ屋さんなのはいいけれど、今のままだと将来が心配だわ」

やっぱり隠れるのはいけないコトなのだろうか？　ディード兄さまにも言われたように、もっと人とお話しなくちゃダメなんだろうかと、メルエシードはカーテンの裏でもじもじと考える。

（そうだ、もうすぐお誕生日パーティーがあるからその時に――）

去年までは沢山の料理やプレゼントに囲まれ、多くの人々を前にしても、俯《うつむ》いたまま兄王子の背中に隠れて過ごしていた。今度のパーティーでは祝ってくれるみんなにちゃんとお礼を言って回ろうと、小さく決意する。

——そして、メルエシードが十二歳の誕生日を迎えた祝いの席で。

「西の渓谷を渡ったと？」

「ハッ、恐らくは北側の廃鉱《はいこう》を根城《ねじろ》にしようとしているのではないかと」

反乱軍の本隊と思われる大部隊がマーハティーニの国境を越えて渓谷を横断し、廃鉱が集中する区域に移動しているという緊急報告が届けられた。レイバドリエード王は直ちに征伐隊を組織して向かわせるよう指示を出す。

次々と席を立って会場を後にする軍関係者と、後に続く彼等の部下や従者達。今日のパーティーに出席していた将校達と共に、ディードルバード王子も部隊の指揮官として征伐に参加する。

俄《にわ》かに物々しくなったパーティー会場の雰囲気に呑まれながらも、メルエシードは兄王子を気遣って声を掛けようとした。

「兄さま……」

「メル、後にしなさい。よいかディードよ、渓谷の橋は落としても構わんが、廃鉱はいずれ精製工場として再利用する予定だ」

反乱軍に立て籠もられる前に出入り口を封鎖《ふうさ》し、入り込んだ者の排除を徹底するようにとレイバドリエード王は王子に方針を伝える。二人の周囲に各部隊の指揮官が集まり、大まかな作戦について意見を交わし合いながら軍司令部へ向かう。

会場を出るところで一度振り返ったディードルバード王子は、主賓の席で一人ぽつんと残され心配そうな表情をしているメルエシードに『大丈夫だよ』と軽く手を振った。そして使用人達に後を託して、反乱軍の征伐へ赴いたのだった。

緊急事態であったとはいえ、これではあまりに可愛そうだと同情されたメルエシードは、この日から少しずつ使用人達と交流する機会が増えていった。その為に少々俗な知識に染まり、社交性は増したが中途半端に早熟な少女に成長してしまったのだ。

◆　◆　◆

「手の早い男は飽《あ》きるのも早い、こちらから惚《ほ》れ込んじゃダメだってみんなは話してたけど……」

『彼』はどっちなんだろう？　と、メルエシードは首を傾げる。離宮の庭園での初対面で誘惑した時は割りとあっさり乗ってきたが、その後はまったくそういう気配を感じさせない。

スィルアッカ皇女が目を光らせている事を考慮しても、何かしらのアプローチがあってもいい筈だ。

「貞操観念が強い国出身らしいって聞いたし……わたしじゃダメなのかな」

薄暗い部屋でぼんやりまどろみに浸っていたメルエシードは、そろそろ出発の準備が整う事を告げられて気だるそうに起き上がる。そして香皿の中で粉々になっている手紙の燃えカスを一瞥《いちべつ》して、着替える為に立ち上がった。


エッリアの領内で水源から離された位置に建設されている、幾つかの魔導技術研究施設。研究用の機材が運び込まれ、食料の備蓄や貯水処理も完了して稼動を始めたその内の一つを、マーハティーニから派遣された研究者を含む視察団が訪れていた。

「なあにこの建物、帝都の兵器工場にそっくりじゃない……壁面に装甲まで貼ってあるわ」

「この形式の建物は賊に侵入され難いって事が帝都の工場で実証されてますからね。昼間は屋根の上で肉が焼けるそうですよ」

箱型の外観を見上げながら呟くメルエシードに、同行する研究者の一人が冗談を交えながら施設について語る。

「暑そう」

「エイオア製の呪術式室温調整機を導入してますから、中は意外と快適ですよ」

案内人の説明を受けながらマーハティーニの一団が研究施設の入り口を潜る。本国から派遣されている研究者達は今回の視察に同行している王族、メルエシード王女の存在に緊張を懐きながらも、設備の整った研究環境に感嘆《かんたん》の溜め息をつく。

「本格的な稼動には、研究員の生活全般を支える使用人が必要になりますので、まだ先になりますが——」

現状でもそれなりに研究は行えると説明を受けながら、メルエシード達は施設の内部へ案内される。

施設内は建物の三分の一が生活に関する区画になっていて、その一階に使用人達が住む部屋と並んで厨房《ちゅうぼう》や食堂などが用意され、研究員の居住区は二階と三階部分に分かれている。

研究実験を行う区画は一階から三階まで吹き抜けになっており、建物の中を一周する廊下の上階から研究区画全体を見渡す事ができた。

ひと通り案内が終わり、ここらでひと息つきましょうかと三階のサロンへ通された一行は、先に来ていたらしいエッリアの視察団グループと同席する事になった。そこで、メルエシードは意外な人物と顔を合わせた。

「あれ？　メルエシード？」

「え？　どうしてあなたがここに」

エッリアの視察団グループには京矢も交じっていた。結構前から視察の予定が決まっていたらしく、そういえば以前そんな話を聞いた事があると思い出したメルエシードは、まさか同じ施設だったとはと偶然の出会いを喜んだ。ここにはいつものお目付け役も居ない。

「あなた魔術には詳しいの？」

「基本、さっぱり」

「うふふっ、わたしも」

「難しいよな～」

コウの知識を使えば覚えられなくもなさそうだが、魔力の感覚というモノが上手くイメージできないので、扱えるようになるには相当掛かるのではないだろうかと京矢は自己分析していた。この世界の人間で王族というエリート層にいる者でも使えない人は使えないのだと実感して、何となくホッとする。後ろ向きな共感という少々駄目な方向にだが、ちょっと前向きな気分になれた。

「できる人ができる事をやればいいんだよ」

「そうよね、できない事まで無理にする事ないわよね」

何だか意気投合しているエッリアの異世界人とマーハティーニの王女に、双方の視察団一行から微妙〜な視線が向けられていた。

◆　◆　◆

機械化兵器工場で新型戦車の試乗会に出席したスィルアッカは、ターナからこの後の予定を聞く傍ら、コウに京矢の様子を尋ねた。そろそろ視察に出向いた魔導技術研究施設から帰還する準備に入っている頃だろう。

「今は、メルとお話してるよ」

「……なに？」

コウの報告にスィルアッカが怪訝な表情を浮かべると、ターナが視察関連の情報を補足する。

「ああ、そう言えばマーハティーニから派遣された研究者一行も今日視察する予定でしたね」

「いや待て、何故そこにメルが同行している？」

京矢が今日視察に行く予定は誰にも話していなかった。京矢自身にも今朝になってから行くよう伝えていたので、幾ら諜報に長《た》けたメルエシードでも、京矢の出発を察知して視察団に自身の同行をねじ込むのは無理がある。

「偶然でしょう、元々同行する予定だったのでは？」

「メルもキョウヤが居た事に驚いてたよ」

「うむ……そうだコウ、くれぐれも羽目を外し過ぎないようにとキョウヤに――」

「スィル様、次はエイオア大使との会談がございます。その後、冒険者協会の使者と新しい交易商の認可についての話し合いに出席です」

さあさあ次の公務に向かいましょうとターナに背を押されながら、スィルアッカは何かあればすぐに知らせるようコウに念を押すのだった。

――そして、異変はスィルアッカの懸念とは全く違う形で現れた。


魔導技術研究施設の三階サロンにて、エイオアから取り寄せられたアルメッセ産のお茶を楽しみながら談笑していた視察団一行のところへ、警護兵が駆け込んで来て、皆に避難を呼びかけた。

「一体何事です？」

「我々にも何が起きているのか分かりませんが、一部の兵士達が反乱を起こしたようです」

「反乱⁉」

「下の階で何人かここの研究員が殺害されました、皆さんは早く避難を」

驚く視察団員達に、兵士は警護隊が二階の通路と階段を護って反乱兵を引き付けている間に脱出して欲しいと説明する。

やがて下の階から剣戟《けんげき》の音や火炎砲の炸裂音が轟き始めた。

「急いでこちらへ！」

先導する警護隊兵士にエッリアとマーハティーニの視察団一行が続く。特に要人である京矢とメルエシードは集団の真ん中辺りに挟まれて、前後を護られながら移動していた。

（なんか、エライ事になったなぁ）

この非常事態は既にコウを通じてスィルアッカ達にも伝わり、スィルアッカが兵を率いて向かっていると確認しているので、京矢は比較的落ち着いて周りの状況を観察していられる。

何となく、ベルトのホルスターに納まる小型火炎砲を手で確かめた京矢は、これを使わなければならない状況になったらどうしようかと考える。装弾数は二発。威力は十分だが命中精度は最悪。予備弾は持って来なかったので、一度使い切ればそれで撃ち止めだ。

もし使う時があるとすれば、本当にここぞという時の切り札として抜く以外には考えられない。

避難路へと誘導される視察団一行は、エッリア領内の研究施設で警備兵が反乱を起こすなど、今ひとつ実感が伴わないと戸惑いの表情を浮かべていた。しかし二階に下りて来たところで、反対側の階段昇降口を固める警護隊兵士の一人が火炎砲の一撃を受けて隊列から弾き出される姿を目撃した事で現状の危険さを認識した。

壁際に大きな血痕《けっこん》を残して動かなくなった警護隊兵士。避難を勧告に来た警護隊兵士の話では、下で作業をしていた施設研究員達は既に殺害されているとの事だった。

「やはり反乱軍との繋がりが？」

「分からん、幾ら連中が神出鬼没《しんしゅつきぼつ》といっても、簡単にエッリア領の研究施設に侵入できるとも思えんし」

視察団の中でも軍との関わりが深い有力家出身の研究者達が、憶測も交えながら、反乱を起こしたとされる兵士達の目的について議論を交わす。

反乱軍にとっても、エッリアの持つ魔導技術は機械化技術ほどでないにせよ、十分な価値を持つ筈だ。

しかし真っ先に無力な研究員を殺害している。とすれば、反乱の目的は研究成果の奪取などではなく、単純に施設の壊滅《かいめつ》なのかもしれない。

「反乱軍に寝返る手土産として、要人の誘拐という線は？」

皆の視線がメルエシードと京矢に集まる。が、有力家出身の研究者は『それはないだろう』と首を横に振った。

今日訪れる視察団に、メルエシードや京矢が同行するという情報は、一般兵には勿論の事、軍上層部でもほんの一部にしか知らされていない極秘事項なのだ。要人の来訪に合わせて反乱を起こしたとは考え難い。

「或いは、マーハティーニの背後を脅かす為の作戦か」

つい最近になって反乱軍の本拠地が見つかったらしく、マーハティーニのディードルバード王子率いる征伐軍がかなり追いつめているという戦況が聞かれていた。ナッハトーム軍内部に潜む反乱軍のシンパが、本隊を援護すべく行動を起こしたとも考えられる。

「だとすれば、エッリアには相当数の内通者が入り込んでいる事になるぞ……」

「ここの警備に充《あ》てられた兵のほぼ全員が一度に決起している訳ですからね……」

それこそ兵員の配属を管理する部署から調べなくてはならないだろうと、皆で唸り合う。

そうこうしている内に、一行は一階まで下りてきた。

先導する警護隊兵士が廊下の様子を窺う。建物の中を一周する廊下には一定区間ごとに隔壁《かくへき》が降りる仕掛けが施されており、反乱兵が襲撃している正面入り口側の廊下と、今居る側の廊下は完全に隔てられている。

「よし、敵影なし。このまま進んで研究区画の中程まで行けば緊急避難用の出口がある筈なので、そこから――」

先導役の兵士がそこまで言った時だった。不意にカツカツという廊下の床石を突つくような音が迫って来たかと思うと、警護隊兵士の胸部から鮮血が散ると共に白い突起状の物体が生えた。

一瞬硬直した兵士の身体が絶命によって弛緩《しかん》し、その身を貫通している突起物からずるりと崩れ落ちる。

「召喚獣だ！」

警護隊兵士の身体を刺し貫いたものの正体、それは頭部に槍のような鋭い角を持つ一角狼だった。安価で手に入る召喚獣の中でもそこそこ高い性能を誇り、使い勝手が良いので多く普及している型の召喚獣だ。

「二階の居住区へ！」

もう一人の警護隊兵士が視察団一行に退避を呼び掛けながら、一角狼に斬り掛かった。

たちまちパニックになりながら、視察団の面々は我先にと階段を駆け戻っていく。

「きゃあっ」

「メルエシード！　手をっ」

急激な人の流れについていけず、足をもつれさせて転びそうになりながら、メルエシードは差し伸べられた手を必死につかんだ。ぐいっと引っ張り上げられるように階段を駆け上がる。

二人が二階の廊下に出ると、反対側の昇降口を固めていた護りが崩され、自分達の方に向かって来る反乱兵の姿が見えた。

「うわっ、駄目だ！」

「逃げろっ！」


緊張と恐怖の為か白く霞《かす》み掛かる視界と意識。バラバラに逃げ惑う視察団一行。自分を置いて何処かへ去っていく彼等の後ろ姿が、幼少の頃の記憶と重なる。

――みんな、何処へいくの……？　父さま……兄さま……メルをおいていかないで――

大人達の背中が遠ざかっていく中、特徴的な無地のベストを弾ませ、腰に下げた小型火炎砲のホルスターを揺らしながらしっかり握った手を引く青年の背中は、自分を置いて行く事なく振り返った。

「――エシード！　おいメル！　大丈夫か⁉　気をしっかり持て！」

「っ！」

白く霞《かす》み掛かっていた視界が戻り、遠くに響いていた喧騒がすぐ近くで聞こえ始める。

途端に息が苦しくなった。

「はっ、わ、わたし――」

「とりあえず、近くの部屋に隠れるぞ」

同じく息が上がっている京矢は、背後に反乱兵の姿が見えない事を確認して適当な部屋へ駆け込み、音を鳴らさないようにそっと扉を閉める。部屋は施設で働く研究員に用意される一般的な間取りのワンルームで、壁際に椅子とテーブルが並ぶ他は奥にベッドが置いてあるだけの殺風景《さっぷうけい》な作りだ。

「一応鍵は掛けとくか……大丈夫か、メル？」

「う、うん……だいじょうぶ」

その時、施錠《せじょう》したばかりの扉がガタガタと揺れる。思わず飛びのき、二人して注視する。

誰かが扉を開けようとしているらしく、ガチャガチャと騒がしく鳴っていたドアノブは、部屋の外から男の断末魔《だんまつま》が響いて静かになった。視察団の中にいた誰かの声に似ていたよ

うな気がする。甲冑のこすれ合う音と共に、反乱兵のものらしきくぐもった話し声が漏れ聞こえる。

「この部屋は？」

「鍵が掛かってるようだ」

「中に隠れていないか調べよう」

　鍵を壊して扉をぶち破り、兵士達が部屋に踏み込む。まだ使われた痕跡のない新品の部屋は生活臭もなくガランとしており、人の気配も無い。質素なテーブルと椅子、申し訳程度に置かれた安っぽいソファー、奥のベッドはシーツも畳《たた》まれたままだ。

「……誰もいないようだ」

「とりあえず、この階と上の階の部屋は虱潰《しらみつぶ》しだな」

　隠れる場所も無さそうなシンプルな部屋を見渡して無人だと判断した彼等は、時折り怒号や悲鳴が響く廊下へと出て行った。

　傾いて半開きになった扉の揺れが収まる頃、使われた形跡のないベッドの畳まれたシーツがもぞりと動く。

「行ったみたいだ……」

「そうね……」

シーツの下から顔を半分覗かせた京矢とメルエシードは、小声でそう確認し合う。隠れるのは得意というメルエシードの気転で、ベッドのマットレスと底板の一部を外してソファーに偽装し、二人してベッドの中に潜んでいたのだ。

「これがホントのベッドイン」

「ん？　なぁに？」

「なんでもないです」

当面の危機を回避できた事で少し気持ちに余裕が出来た京矢は、そんなつまらない冗談などを口にしつつ意識の奥でコウに状況を伝えて、同時にスィルアッカ達が現在どの辺りにいるのかを把握する。

一番足の速い新型戦車でぶっ飛ばして来ているので、暗くなる前には救出に現れるだろう。伝書鳥を使うコウならもっと早く来られるのだが、コウは施設の正確な位置を知らない。

「とにかく、夕方まで隠れてればスィルアッカ達が来てくれる。それまでの辛抱だ」

「スィル姉さまが？　でも、夕方は無理だと思うわ……ここには〝対の遠声〟も置いてないみたいだし――」

兵達の反乱がエッリアに伝わるまでかなり掛かる筈だ、と眉尻を下げるメルエシード。

視察団の誰かが話していたように、反乱兵達の目的が施設の壊滅だったならば、生存者の有無にかかわらず建物に火を放つ事くらいはやりそうだ。

「ああ、その問題があったか……イザって時はすぐ外に出られる場所の確保はしておきたいな」

「そうね……一階の、もう調べ終わった場所に隠れ直せば大丈夫かも」

さっきの兵達は二階と三階の部屋を捜索するような事を言っていたので、どうにか一階の食堂や厨房にでも潜り込めれば上手くやり過ごせるかもしれない。

廊下にいた召喚獣は厄介だが、あの型はあまり複雑な命令や一度に複数の命令には対応できない筈だと、京矢はコウの記憶情報を思い出す。

「単独で動いてる奴なら、物音とかで気を逸らせば突破できると思う」

「じゃあ、兵士達と合流しない内に下りる？」

移動のタイミングを計るメルエシードの提案に、京矢は唸りながら考える。

「うーん……下を見張ってる奴もいるかもしれないから慎重に行きたいところだけど――」

――と、その時、部屋の前を駆け足気味に通り過ぎる足音が響き、反乱兵達の話し声が聞こえてきた。京矢とメルエシードは互いに目配せし合いながら再びベッドの中に身を潜めると、相手の情報を探るべく耳を欹《そばだ》てる。

「この階には居ないようです」

「三階も全て調べましたが、見つかりませんね」

「そっちはどうだ」

「駄目です、食堂や厨房、使用人部屋、食糧庫や貯水槽まで調べましたが、何処にも見当たりません」

既に施設の外へ逃げたのでは？　と問う部下らしき兵士に、隊長格の兵士がそれは無いと否定した。出入り口は避難路も含め、全て見張りの兵と召喚獣で固めてあったのだ。襲撃開始時、ターゲットは三階のサロンにいた事も確認している。

「一階に繋がる手前と奥の階段は完全に制圧していたからな、必ず二階か三階の何処かに居る筈だ。もう一度よく探せ」

家具やベッドもひっくり返し、壁などにも隠れる穴がないか叩き割って徹底的に調べろと、反乱兵の隊長は指示を飛ばす。

細工したベッドの中でシーツを頭に乗っけながら顔を見合わせた京矢とメルエシードは、ここもすぐに見つかる危険が出てきた事で行動の決断を下した。

兵士達が他の部屋でどったんばったんと音を立て始めた頃を見計らい、半開きの壊れた扉からそっと廊下の様子を窺う。部屋の前には使節団の一員だった男性の亡骸が転がっていた。見張りの姿が無い事を確認して、二人は速やかに部屋を抜け出す。

「いきなり階段に行くのは危険だな」

「ええ、この階で彼等がひっくり返した部屋に隠れ直すのがいいと思うわ」

身を隠し難い広い廊下に出ないよう気を付けつつ、居住区の狭く入り組んだ廊下を伝って家捜し中の部屋を迂回。既に調べ尽くされて家具の残骸が散乱する、廃墟《はいきょ》のような有様の部屋に忍び込む。

「ベッドが穴だらけでバラバラになってる……」

「壁にも穴があいてるな、絨毯まで引っぺがしてあるぞ」

ここまで徹底して調べた後なら、もう探りに来る事はあるまい。そう判断した京矢は入り口から見えない場所に陣取り、散り散りに千切れたベッドマットと破れたシーツを床に敷いて休む場所を作ると、壁を背にひと息吐く。

隣にちょこんと座って身を寄せるメルエシードも緊張が和らいだのか、大きく息を吐いた。反乱兵達が他の部屋をひっくり返している音を聞きながら、暫し会話も無く沈黙の時が続く。その間、京矢は意識の奥でコウと連絡を取り合っていた。

状況を整理し、考える時間を得たメルエシードの心に、一つ気掛かりな事が思い浮かぶ。

（あの兵士達が探してるターゲットって、わたし達の事よね……？　でも——）

有力家出身の研究者は『特に要人を狙って行動を起こした訳ではないだろう』と推察していた。その理由として、今日ここを訪れる視察団員の中に重要人物が含まれる事を知る者は、ほんの一握りの上層の人間しか居ないからだ。

たまたま反乱を起こそうとしていたところへマーハティーニの王族やエッリアの皇女殿下直属の者が視察に来たものだから、これ幸いとターゲットに据えて事に至ったのかとも考えられる。

ここまで執拗《しつよう》に捜索しているのは、やはり要人の誘拐か、或いは殺害が彼等の目的ではないのか——メルエシードがそこまで考えた時だった。

「隊長！　ちょっと来てください！」

何処かの部屋から反乱兵の叫ぶ声が響く。京矢とメルエシードは声の方向と位置的に見て、最初に隠れていた部屋だろうと当たりをつけた。そしてその予想通り、順番に部屋を探っていた兵士はベッドの細工を発見して、隊長に意見を聞こうと声を掛けたのだった。

「……最初にこの部屋を調べた者は？」

「ハッ、自分達です」

詳しい状況を聞くと、この部屋に逃げ込もうとする視察団員を斬り捨てた彼等が部屋に踏み込もうとした時、扉の鍵は掛かっていたという。この事実を突き止めた反乱兵の隊長は確信する。

「他の部屋で鍵が掛かっていたのは、どれも使われている部屋だったな」

「そう言えばそうですね、空き部屋はいずれも鍵は開いていたかと」

「すると……あの時ここに？」

「よし、三階の者も呼んで全員でもう一度この階を調べ尽くせ！　近くに居る筈だ！」

隊長の号令で上の階へ連絡に走る者や武器を構え直す者、少人数で隊を組んで端の方にある部屋を目指す者達と、反乱兵達がそれぞれ動きを見せ始める。

副隊長のポジションに居るらしき別の兵士が、部下達を鼓舞《こぶ》するように作戦内容を補足しながら命令を飛ばす。

「見つけたら確実に仕留めろ、女とて容赦するな！　それと、男の方は間違って殺すなよ、ターゲットを仕留めたらすぐに撤退だ」

15

反乱兵達の会話を、近くの部屋に潜んで聞いていた京矢は、その内容に首を傾げる。

彼等が施設の研究員や視察団の生き残りではなく自分達を探している事は、もはや疑いない。

だが、『女とて容赦するな』と確実に仕留めるよう指示を出しつつ『男の方は間違って殺すな』と注意を促している。

「なんだ……？　どういう意味だ？」

更に続いた『ターゲットを仕留めたらすぐに撤退』という言葉から考えると、彼等の『ターゲット』とは『京矢《自分》とメルエシード』ではなく――

「アイツらの狙いって、メルエシードなのか？」

隣でメルエシードが身じろぐ。京矢と同じ結論に至っていたメルエシードは、自身が狙われる理由を考えていた。

反乱軍征伐の筆頭国であるマーハティーニに揺さぶりを掛けるのが目的かとも思ったが、

それならば暗殺よりも誘拐や拉致《らち》による身柄の確保で人質にとる方がより大きな効果を望める筈だ。

それを実行できるだけの条件も揃っている。にもかかわらず暗殺を選ぶ理由。

（単なる浅慮《せんりょ》？　私怨《しえん》？　それとも――）


破壊された内装や家具の残骸が散乱する薄暗い部屋の隅で、京矢とメルエシードは息を潜めて身を寄せ合う。

三階にいた兵士達も降りてきたらしく、二人が隠れている部屋の前を通り過ぎる兵士達が今回の『襲撃任務』について話し合う。先程の副隊長らしき兵士と同じく、すぐ近くで『ターゲット』が聞き耳を立てているとも知らずに。

「しかし何で暗殺なんだ？　人質にしてマーハティーニの兵を退かせる方が本隊を救えるんじゃないか？」

「いや、なんでもここで殺す事に意味があるらしい。その為にこれだけの精鋭を投入して施設を制圧したんだからな」

マーハティーニとエッリアを切り崩す作戦らしいと話す兵士達の会話を聞いた京矢は、何となく今回の事件のあらましが見えた気がした。『ここで殺す事に意味がある』という内容から察するに、エッリア領内の施設で反乱を起こした兵士がメルエシードを殺害する事で、マーハティーニとエッリアの関係を拗《こじ》らせようという目論みなのかもしれない、と。

（確かに両方の国の要人が居て、片方があからさまに見逃されたりすれば、殺された側の国は疑念を持つしな）

次期宗主国の座を狙うほど勢いのあるマーハティーニは、エッリアとの対立姿勢も見え隠れしていると、スィルアッカが言っていた。ナッハトーム内部で二大有力国が対立を始めれば、周辺国を巻き込む混乱が起きて反乱軍は動き易くなるのだろう。

幾つか気になる点を残しつつも、反乱兵達の目的について京矢がそんな推測を立てていた時、隣で静かに思考をめぐらせていたメルエシードはもっと深いところまで考えを至らせていた。

京矢はまだ反乱軍についての詳しい知識を持っていないが、メルエシードは幼少の頃から色々と話を聞いて育っている。

反乱軍と呼ばれる彼等は〝バッフェムト独立解放軍〟を自称する武装集団で、ガスクラッテ帝の治世《ちせい》に抗《あらが》い、独立を掲げて叛旗《はんき》を翻した小国の集団だ。

一応、自称名の通り〝バッフェムト〟という海沿いの港街を首都とする小国を治めていた一族の長が首謀者《しゅぼうしゃ》なのだが、その実態は規模の大きい盗賊団と大差ない。周辺国を渡り歩く、訓練されたごろつきの集団であると、帝国民達からは揶揄されている。

これまでに幾度となく繰り返された征伐軍との攻防でも、これといった戦略的な行動は見られない。ナッハトーム中の彼方此方に派遣された反乱軍部隊が物資を調達しては、それを軍資金に換えて補給を繋ぎ、兵を増やし、本隊は常に移動して征伐軍をやり過ごす。『独立解放』の呼び掛けと決起を促す宣伝はしているようだが、近隣諸国で反乱軍の主張に同調する者は少ない。

そんな行き当たりばったりな彼等に、二大有力国を相手取ったここまで政治的な策略を仕掛けられる下地《したじ》が果たしてあるだろうか。今しがた聞いた兵士達の会話内容からして、今回の反乱は予め計画されていたものだ。

（つまりそれって、今日ここに『彼』や『わたし』が視察に来る事を知っていた？）

ふと顔を上げ、隣に座って扉の方を注視している青年の横顔を見る。彼が今日ここを訪れる事は、宮殿に敷いた自分の諜報網をもってしても、まったく掴めていなかった。

例の懲罰で多少精度が落ちたとはいえ『彼』の予定を探り出す事は難しくない。それに本人も今日の朝になっていきなり皇女殿下《スィルアッカ》から行って来いと言われたそうなので、エッリアの要人が視察する情報は完全に伏せられていた事になる。

メルエシードと京矢がここで顔を合わせたのは、本当に偶然なのだ。それはつまり――

（反乱を起こした兵達は、今日ここに『わたし』が来る事を知っていた――）

――そして彼等は自分をターゲットにしている。その事に気付いた瞬間、メルエシードの脳裏を過《よぎ》る手紙の一節。

今回の視察に赴くよう通達を受けた日、父レイバドリエード王からの手紙の最後に記されていた『我が祖国と兄ディードルバード王子の為に、マーハティーニの王女として役に立て』という一文の意味を、彼女は唐突に悟る。マーハティーニの王女として役に立つ事。それは、『エッリア領内の施設で反乱軍を名乗る者に殺される事』なのだと。

◆◆◆

岩山を刳《く》り貫いて造られたマーハティーニの王宮にて。政務に励んでいたレイバドリエード王は、執務室にやって来た伝令と連絡諜報員から反乱軍の動向や征伐軍の状況、エッリアの施設の様子などについて報告を受けると、うむと頷いて必要事項を記した書類を伝令に渡す。新しい指示を受け取った伝令はそれを現場の征伐軍本隊に届けるべく、執務室を後にした。

部屋に残った連絡諜報員は特に指示を出すでもないレイバドリエード王の傍らに控える

と、徐に訊ねる。

「姫様の事……本当に、よろしかったのですか」

「構わん、あれも王族の女に生まれた意味を理解しているだろう。それよりも、雇った連中はちゃんと仕事を果たせるのだろうな」

「反乱軍の兵がどれだけ使えるかは疑問ですが、指揮に雇った者の腕は確かです。実績も問題ありません」

「まあ……目的さえ果たせればよい。安くはない出費だったのだからな」

レイバドリエード王が仕掛けた一連の策略はこうだ。

まず高級触媒の買い付け資金を出す事でスィルアッカ皇女に対してメルエシードとマーハティーニの信頼を回復し、便乗の触媒ビジネスで儲けてエッリアの一人勝ちを阻止。

それから魔導技術研究参入の足掛かりとして稼動を始めたエッリアの魔導技術研究施設に研究員の視察団を送り、同行させたメルエシードがそこで反乱軍に殺害されるよう仕向ける。

来賓の王族を死傷させるという不名誉をエッリアに被せる事で優位な立場を得た後、責任の追及がてら機械化兵器技術の支援を求めていくのだ。

その過程で、魔導技術の研究に貢献したメルエシードを死なせたのは、技術の流出阻止を優先したエッリアの故意ではないかという噂を流して圧力を掛ける。同時にメルエシードに資金の相談をした異世界人の動向にも注視する。

メルエシードが件の異世界人に想いを寄せ始めていた事も報告されていた。その異世界人がメルエシードに気があったならば、今後エッリアに不審を懐くかもしれないという期待もある。

「お前はエッリアからの急報に備えて待機しておれ、下がってよいぞ」

「御意……」

◆◆◆

ふいに立ち上がったメルエシードに『どうしたのかな？』と視線を向けた京矢は、震えながら扉に向かって歩き出した彼女の腕を咄嗟に掴んだ。

「離して……わたしが行かなくちゃいけないの」

「何言ってんだ」

「大丈夫。わたしが彼等に投降すれば、あなたは助かるから」

メルエシードはそう言って無理に笑顔を繕おうとする。だがその顔は血の気が引いて青白く、恐怖や哀しみがありありと表れている。京矢の心に得体の知れない強い憤りが湧き上がった。

「あ、今のカチンと来た。ムカついた」

「え、え?」

「女の子を見殺しにして自分だけ助かるとか、俺そこまでへたれじゃない」

「いや、あの……そうじゃなくて――きゃっ」

どう説明すれば良いのかと戸惑う彼女の、震えている手をしっかり握り直した京矢は、少し乱暴に引き寄せてとりあえず隣に座らせながら言った。

「ムカついたから、ぜってー離してやらない」

「キョウヤ……」

初めて京矢の名を口にしたメルエシードは、強く握られたその手を振り解く事ができなかった。『自身の役割』を果たそうとする気持ちを、縋る想いが妨《さまた》げる。やはり怖いものは怖い。王族としての自覚はあれど、生に繋ぎ止めてくれる手を振り解く覚悟は、まだなかった。

薄暗い廃墟のような部屋の壁際に二人は無言で座り、暫くそのまま、沈黙の時間が過ぎていく。

廊下を歩く複数の足音が近付いている事に気付いた京矢は、警戒しながらゆっくりと立ち上がった。

もうこの部屋を調べに来る事は無いだろうと思っていたのだが、反乱兵達を指揮する隊長はこの階にターゲットが隠れていると確信しているらしい。合流した兵達の足並みを揃えて端の部屋から順番に隈《くま》なく調べ直しているようだ。

「やばいな、こりゃ隠れながら移動するって訳にはいかなそうだぞ」

「……キョウヤ、やっぱりわたしが……」

そっと手を解こうとするメルエシードをもう一度引き寄せて、京矢は『離す気は無い』という意思表示を見せる。意識の奥より伝わるコウからの情報では、スィルアッカ一行が遠くにこの施設の影を捉える位置まで来ているらしい事を確認している。

「大丈夫だって、スィルアッカ達がもうすぐそこまで来てる」

外に出られさえすれば助かると励ます京矢に、コウと京矢の関係を知らないメルエシードは、自分に生きる希望を持たせる為に鼓舞してくれているのだろうと認識した。その心遣いに胸を打たれる。

手紙にはハッキリ『ここで死ね』と書かれていた訳ではない。どうにかこの状況を生き

「……！」

延びて、手紙の意味には気付かなかった振りでしらばっくれるという手もある。そんな選択を思い浮かべた時、メルエシードの震えていた身体は少し落ち着きを取り戻した。

「部屋へ踏み込まれる前に一気に走り出て一階を目指そう」

「でも、階段にも見張りがいるかも……」

「大丈夫、そんときゃこれを使う。撃たなくても威嚇《いかく》くらいにはなる筈だし、上手くいけば……向こうの裏を掻けるかも」

ベルトに付けた小型火炎砲のホルスターをポンと叩いた京矢は、一か八《ばち》か反乱兵達の作戦を逆利用して脱出する手を思いついていた。


探り尽くされて滅茶苦茶になっている部屋を捜索して回る兵達。隊長は必ずこの階にいると確信しているようだが、既に二度も調べた部屋を見て回る作業に意味はあるのかと半《はん》信半疑《しんはんぎ》だった彼等は、突然それらの部屋の一つから飛び出してきた二人組に思わず緊張感を高める。

「っ！　居たぞっ、ターゲットだ！」

「ほんとに居やがった！」

京矢達は居住区の狭い廊下から、施設を一周する広い廊下まで一気に駆け出した。重武装の兵達より身軽な分、京矢とメルエシードの方が素早く移動できる。そのまま目標地点を目指すのだ。

携帯火炎砲を構えた隊長らしき兵士が、片膝を突きながら狙いを定めて叫ぶ。

「どけっ、射線を空けろ！」

追って来ていた兵士達が足を止めて廊下の壁際に避けた事で飛び道具による狙撃に気付いた京矢は、彼等の作戦を逆利用すべくメルエシードに指示を出す。

「メルっ、俺の前を走れ！」

そう言ってメルエシードの後ろにぴったり付いて走る京矢は、廊下の先に気を配りながら後方を少し振り返り、携帯火炎砲を構える反乱兵の動きに注視する。

（さて、撃ってくるか……？）

携帯火炎砲は命中精度が低いので、正確な狙撃には向いていない。当てるだけなら少々距離があっても腕次第というところだが、動いている相手の何処に当たるかは運任せになる。もし攻撃不可対象《キョウヤ》に当ててしまったら、威力が高いので当たり所によっては死亡させてしまうかもしれない。携帯火炎砲を構える反乱兵の隊長は、攻撃不可対象の前を行くターゲットの狙撃は無理だと判断した。

「ちぃ……追えっ、逃がすな！」

（よし！　やっぱり撃ってこなかったぞっ）

　メルエシードを暗殺のターゲットにしながら、同時に京矢《自分》への攻撃は禁じられているらしいと京矢は確信した。何か裏がありそうだが、今は逃げる事を優先する。

「キョウヤ……っ！」

　廊下の角を曲がった瞬間、メルエシードが小さく叫んで足を止める。前方の階段前に立つ反乱兵の姿が見えた。騒ぎを聞きつけたのか、既にこちらに気付いているようだ。

「止まるなメル！」

　ポンとその背を叩いて前に出た京矢は、ホルスターから小型火炎砲を抜いた。階段前で剣を構えている兵士は一人。とにかく自分が前面に立てば、反乱兵達は攻撃を躊躇するのだ。メルエシードを一階に逃がす隙くらいは作れる筈だと睨む。

「そこをどけえーー！」

　小型火炎砲を正面に構えて京矢は突進する。相手が殺す気で掛かれば恐らくひと振りで倒されるであろう事を自覚する京矢は、正直怖くて腹にも力が入らないような状態だった。

だが、意識の奥から励ましてくれるコウの声とコウが経験して来た戦いの記憶、それにメルエシードを護らなくてはという使命感にも似た自尊心を勇気に変えて、廊下を蹴り出し、突き進む。

対峙する若い兵士は『殺してはいけない人物』と命令されている相手の突撃にどう対処すべきかと戸惑った。

少し風変わりな格好をしたその相手は、火炎砲らしき武器を構えて突っ込んで来る。エッリアの機械化兵器でも歩兵の主力となりつつある携帯火炎砲の威力は、施設の制圧時に隊長が使用しているところを見て十分に理解している。

あの強力な武器は、敵に向けて引き金を引くだけで、ただの一般人でも魔術士が放つ火炎弾並みの攻撃を繰り出せるのだ。一撃必殺の攻撃力を持った相手を傷つけずに無力化できる自信は無い。

ここは防御の構えで足止めをして時間を稼ぐのが得策かと判断した兵士は、剣を盾にして立ちはだかった。

「……くっ」

相手が怯まず通せん坊をして来た事で後に退《ひ》けなくなった京矢は、小型火炎砲の威力を信じてそのまま接近、絶対外さない距離まで詰めて、引き金を引いた。ドンッという発砲音と共に反動で腕が跳ね上がる。

「がはっ！」

至近距離から放たれた火炎弾は兵士の剣を砕き、甲冑にめり込んで、その身体を弾き飛ばした。

背中から派手に倒れ込む兵士を捨て置き、駆け寄って来たメルエシードの手を引いて京矢は一階へと続く階段に踏み出す。追っ手がすぐ後ろに迫っている今の状況で、悠長に下の様子を探っている暇は無い。

もしあの狼型の召喚獣がいた場合、自分に対する攻撃不可の命令が与えられている事を祈りつつ、廊下まで一気に駆け下りる。

「えーっと、出口は右かっ」

「ええ、そっちの――キョウヤ！」

廊下の先に見える施設の正面出入り口前に立つ兵士が二人、一瞬戸惑った様子でこちらを見た。

召喚獣は居なかったが、出入り口は兵士が固めていたようだ。京矢はこりゃダメだと踵を返す。出入り口前の兵士達もまさかターゲットが目の前に現れるとは思っていなかったようで、京矢達が背中を向けて走り出したところでようやく動き出した。

「この先は食堂とか厨房だっけ⁉」

「確かそう聞いてるわっ」

食堂の出入り口は広く大きめに作られており、廊下の途中からも中の様子が窺える。長いテーブルや椅子が散乱している食堂は柱が少なく、開《ひら》け過ぎているので身を隠せそうもない。

ならばこの先にあるらしい使用人達の部屋が並ぶ一角に逃げ込もうと、食堂を素通りして廊下を左に曲がった所で、二人は足を止めた。

「って、隔壁かよっ」

「そんな……」

対侵入者用の隔壁が行く手を阻む。他に進めそうな場所は無いかと辺りを見渡すが、窓も扉も無い廊下の壁で照明のランプが輝いているばかり。完全に袋小路となっていた。重厚な隔壁は蹴っても叩いてもびくともしない。火炎砲を使っても効果は無さそうだ。

隔壁を背に廊下の角を振り返ると、ガシャガシャと甲冑の揺れる音を響かせながら反乱兵達が現れた。上の階から追って来た兵も合流して七、八人近い。更にまだその後ろからも集まって来ているようだ。

メルエシードを背に庇いながら小型火炎砲を構える京矢。だが、込められた触媒の弾丸は残り一発しかない――まさに万事休すといったところであった。

京矢とメルエシードを隔壁前に追い詰めた兵士達の隊列が割れ、携帯火炎砲を持つ隊長兵士が現れた。

本来ならこれだけの数の差があれば普通に寄せて行って捕獲してしまえる。だが、兵達は京矢の持つ小型火炎砲の威力を恐れて迂闊に近付く事ができず、少し距離を置いた場所に陣取って隊長に判断を仰いだのだ。

互いに火炎砲を向け合って睨み合う中、反乱兵の隊長はじりじりと距離を詰めて行き、隊列の壁を作る兵達も盾を持つ者を先頭にして後に続く。

ターゲット《メルエシード》が攻撃不可対象《キョウヤ》の背後に庇われているので、反乱兵の隊長は火炎砲の一撃を放つ事ができない。しかし相手も撃って来ないのは、確実に命中させる為に引き付けているのか、或いは撃ちたくても撃てない状態なのか。

見た事の無い形の火炎砲だが、階段前に立たせていた部下の剣を砕いて甲冑も破損させていた事から、十分な威力を誇る武器だと分かる。

携帯火炎砲で撃ちたくても撃てない理由といえば、故障の他に触媒の弾切れが挙げられるが、見たところエッリアの要人である青年は予備弾倉らしき装備を下げていない。

「弾切れか」

構えていた携帯火炎砲を下ろした反乱兵の隊長が放った一言に、京矢がぴくりと反応する。それで確信を得た反乱兵の隊長は、部下達を振り返って『捕らえろ』と指示を出した。少し戸惑いを見せながらも兵達は二人の確保に向かう。

動きの鈍い部下達に『あの火炎砲は弾切れなので反撃は無い』と言って、隊長は迅速に仕事を済ませるよう促す。殺すなとは言われているが、傷一つ付けるなとまでは言われていなかった。

（これ以上邪魔立てされるのも面倒だ、多少痛めつけても大丈夫だろう）

肩に乗せた携帯火炎砲の銃身をトントンと弾ませながら、隊長はそんな事を考える。少々手間取ったせいで幾つかの撤退ルートが使えなくなった。ターゲットの処刑を済ませたらすぐに最適な撤退ルートを算出しなくてはと、彼は次の段階に思考を切り替えていた。

迫る反乱兵達に火炎砲を向けたまま、京矢は必死に考える。残りの一発を放てば多少怯ませる事はできるだろうが、それで終わりだ。

相手も火炎砲を持っていたならばそれを奪うという手があったものの、携帯火炎砲を持っているのは隊長らしき一人だけだった。が、そもそもこれだけの数を相手に単発の火炎砲ではどうしようもない。

　ここで捕まれば背中で震えているメルエシードは殺される。しかし、正面には十数人の反乱兵。左右は廊下の壁。背後には重厚な隔壁。もう何も打つ手がない――だが、京矢は諦めたくなかった。

（くそ……っ、俺にだって何か力が備わっててもいいだろう！　せめてこの子を護れる、ただそれだけの力……何かないのかよっ！）

　力を求める京矢の足掻《あが》き。その強い想いはコウへと届き、別個の存在でありながら根源を同じくする二人の心が共鳴する。

　魂の繋がりを通じて引き合うコウと京矢の願いが、精神領域の〝蓋〟に歪《ゆが》みを生じさせた。それは一石を投じられた水面に広がる波紋《はもん》がごとく、深遠に閃《ひらめ》く一念によって人格境界線が揺らぐ。

「っ！」

　砂漠地帯でも高機動性を確保した新型戦車の上にしがみ付き、前方に聳える砂丘《さきゅう》の向こうに隠れた目標施設へ意識を向けていたコウが、何かに気付いたように顔を上げた。

「どうしたコウ、キョウヤ達に何か――」

「二人が危ない、スィルはこのまま急いで！　ボクは行って来る」

共に移動中だったスィルアッカにそう告げたコウは、少年型の召喚を解除、精神体になって京矢に思念を送った。

――キョウヤ！　ボクを喚んで！――

コウの気付きは京矢の気付き。京矢の強い思念が深層意識で二人の人格を隔てる〝蓋〟に干渉し、少しだけその境界を開かせた。

京矢がコウの本体である事。コウを自身から分離させた当人である事。京矢側から祈祷術で〝蓋〟を施している事。これらが条件となり、人格を隔てる〝蓋〟を京矢自身の強い意思によってこじ開けたのだ。

精神体となったコウはたちまち本体である京矢の心に吸い寄せられ、京矢の傍に空間移動したところで合図を送り、それを受けた京矢は〝蓋〟を閉じて人格境界線を元に戻す。

『視《み》』えはしないが感じ取れる、コウが自分のすぐ近くにいると。

「メル！」

「え？　きゃっ」

目前にまで迫った反乱兵達に背を向け、メルエシードを抱き寄せて廊下の隅に移動した京矢は、メルエシードを庇いながら叫んだ。

「コウ！　いいぞ！」

それを合図に、コウは異次元倉庫から複合体を取り出した。

ズシンという地響きを立てて巨漢ゴーレムが出現する。

「な……っ」

「ゴーレムだと⁉」

「しまった！　これが狙いだったのかっ」

動きの鈍いゴーレムが相手とて、こんな狭い場所でひと塊になっていれば一網打尽《いちもうだじん》にされ兼ねない。反乱兵の隊長は、機械化兵器の技術者なら魔術を使って来る事もないだろうという思い込みを反省すると、直ちに的確な指示を飛ばす。

「全員下がれっ、こちらも召喚獣で応戦しろ！」

「ヴォオオオオオ」

一旦退き始める反乱兵達の隊列に強烈な一撃が叩き込まれ、数人が廊下の角まで吹っ飛んで強制的に後退させられる。

後方の兵士に召喚された二体の一角狼が、ゴーレムを殲滅《せんめつ》するよう命令を受けて飛び出して来た。

素早く廊下を疾走《しっそう》して来た一角狼が左右から同時に飛び掛かって来るのに対し、コウは魔導槌を装備して迎撃する。薙ぎ払うような一撃で右の一角狼を捉えると同時に槌の先端を返し、柄のスイッチを押して攻撃推進用内燃魔導器に点火。

ヒュゴオッという笛の音のような爆発の排出音と共に炎の軌跡を引きながら、左の一角狼を叩きつぶす。一瞬でダメージが許容限界を超えた二体の一角狼は、閃光《せんこう》と共に召喚が強制解除された。

「な、なんだあのゴーレムは！」

「召喚獣二体が一瞬で……っ」

「ヴォオオオオ――」

魔導槌を片付けたコウは強化魔術を腕に纏うと、外壁側になる廊下の壁を殴りつけた。派手な轟音を響かせて空いた大穴の向こうに、砂漠《そと》の景色が広がる。意識の奥で京矢に脱出を促したコウは、内燃魔導兵器を取り出して兵達に向けた。

「メル、こっちだ！」

メルエシードの手を引き、京矢は壁の大穴から施設の外へ脱出する。反乱兵の隊長が携帯火炎砲を構えるが、その射線を塞ぐように立ちはだかったコウが内燃魔導兵器の引き金を引いた。ヴゥウウウウという唸るような射出音を響かせ、無数の火炎玉が放たれる。

壁や床、天井で跳ね回りながら、火炎玉が暴風雨《ぼうふうう》のように降り注ぐ。一撃で致命傷にな

る程の威力はないが、そのありえない射出量《しゃしゅつりょう》が反乱兵達の動きを完全に封じ込めた。

「く、くそ……っ、奴は例の冒険者ゴーレムだ！」

これは堪らんと廊下の角向こうに退避した反乱兵の隊長は、正面の出入り口を見張らせていた部下二人に一角狼の召喚石を投げて渡すと、外に脱出したターゲットを追うよう指示を出した。

「使い方は分かっているな！　召喚獣にはターゲットを最優先で狙うよう命令しろっ、行け！」


施設を脱出した京矢はメルエシードの手を引いて、砂に足を取られながら東の砂丘に向かって走り続ける。こちらの方向からスィルアッカ達が来ているらしいとコウから情報を得ていた。とにかくあの砂丘を越えれば助かると、踏み出す足に力を込める。

「召喚獣が！」

「っ！」

メルエシードの声に振り返ると、砂の上を跳ねるような勢いで迫る一角狼の姿が見えた。その後方から反乱兵も追って来ている。見る間に距離を詰めてくる一角狼に、京矢は再び小型火炎砲をホルスターから抜いた。残り一発。命中率は最悪だが威力は十分。

緊張と疲労、すぐそこまで迫る希望と絶望。

この非常事態に、精神領域の〝蓋〟に干渉する程の強い思念を発揮して、意識がハイになっていた京矢は、足を止めて深呼吸で息を整えた。

この世界の人からみれば京矢など線の細い優男《やさおとこ》だが、元世界では極《ごく》普通の、ゴックはないが特に細くもない、イザという時に発揮されるらしい火事場の馬鹿力も標準装備した日本男児である。コウの戦闘記憶を参考に、迫り来る一角狼と対峙する覚悟を決める。

「キョウヤ……？　まさか、戦うつもりなの!?」

「ああ、このままじゃ逃げ切れそうにないからね」

コウの記憶情報によると一角狼は角のせいで頭が重く、横からの攻撃で体勢を崩し易いようだ。目前に迫る一角狼を前に、京矢は頭の中で戦闘シミュレーションをイメージする。そして遂に一角狼がターゲットを攻撃射程に捉えた。

「避けろ、メル！」

メルエシードに飛び掛かる一角狼に横から頭突き気味のタックルを食らわせて砂上に叩き落とした京矢は、なんと格闘戦に持ち込んだ。一見すると無謀《むぼう》な行動だが、一角狼が自分を避けて真っすぐメルエシードに向かったので、攻撃目標がメルエシードに固定されていると見越した、計算尽くの判断である。

組み付いた京矢を一角狼が前足で払おうとする。

「核っ、核っ、核は何処だ！」

顔や腕に爪による裂傷《れっしょう》を作りながら一角狼の胸元に埋まる召喚石を探り出し、切り札の小型火炎砲を召喚獣の弱点となる核部分に押し当てて発射。撃ち込まれた火炎弾が核である召喚石を砕いて召喚が解除された。

「や、やった……っ」

「……すごい」

砂の上に座り込み、砕けた召喚石の欠片を確認しながら荒い息を吐く京矢を、メルエシードは呆然と見詰める。しかし、ホッとしたのも束の間、召喚獣を格闘で倒すなんてと怯んだ追っ手の反乱兵は、もう一体を召喚すると、攻撃命令のみ与えて放った。

「走れメル！」

メルエシードを逃がしつつ今度は直接核を殴って壊すか、もう一度コウを喚び寄せるか。焦燥混じりに思考を巡らせていた京矢の頭上を、何かがシュルシュルという音を響かせながら飛び越えていく。

召喚されたばかりの一角狼は、白い煙の軌跡を引きながら飛来した炎を噴き出している物体の直撃を受けて、爆炎《ばくえん》で吹き飛んだ。

「キョウヤ！　メル！　二人とも無事か！」

「スィルアッカ！」

「スィル姉さまっ」

砂丘の上に現れる新型戦車。現場に到着したスィルアッカが、二人に迫る一角狼に、戦車の上から魔力探知誘導式・筒型火炎槍を見舞ったのだ。

次々と砂丘の天辺に集結するエッリアの機械化戦車隊を見た反乱兵達が、慌てて施設の方へ引き揚げていく。

「た、助かった〜」

京矢がへなへなと砂上にへたり込む。だがその姿を見て情けないと思う者はここには居ない。メルエシードが傍に歩み寄り、京矢の傷にハンカチを当てる。

「ありがとう、キョウヤ……あなたのお陰で死ななくて済んだみたい」

「ははは、お互い助かったな」

メルエシードの言葉の裏に隠された秘密を知る由も無い京矢は、ただ互いの無事を喜んだ。

今回、色んな意味を含めて護られた事で、京矢に対する恋慕の気持ちが本物になりつつあるメルエシードと、二人を戦車の上から眺めるスィルアッカ。

思い掛けず京矢の勇敢さを垣間見た事で『セラン』を思い出したスィルアッカは、京矢にその面影《おもかげ》をダブらせる。

そんな光景が展開される砂丘から見下ろした魔導技術研究施設では、作戦の失敗を悟った反乱兵達が撤退を始めていた。

次々と身体を乗り換えて来たコウは、所属する国家や立場を変えて、遂に本体へと辿り着いた。本体と密接な繋がりを残しながらも、分離独立した存在となったコウは、改めてこの世界を生きて行く。

人と国との柵《しがらみ》の中でも、自由に振舞う囚われなきイレギュラー。彼の行く先に見えるは、過去か未来か。繁栄《はんえい》か滅亡か。

今、世界に大きな変革のうねりが迫っていた。

あとがき

この度は文庫版『スピリット・マイグレーション３』を手に取ってくださり、ありがとうございました。

さて、この巻から舞台は砂漠の帝国に移り、コウの本体である京矢が登場します。

京矢についてはキャラの掘り下げを行うべく、目覚めた辺りから『京矢編』として物語を進めていましたが、Ｗｅｂ連載当時この展開には賛否両論《さんぴりょうろん》あったものです。それは一部の読者の方々が主人公交代を危惧《きぐ》したためでした。作者としては読者を裏切るつもりはなかったものの、この巻では中盤からラストまでが京矢編になっています。

コウの本体という存在は、本作を企画した当初から構想に入っていました。ただ、何時《いつ》、どのタイミングで出すかは全く決めていませんでした。私の作風とでも言いますか、例によって、キャラが勝手に動き出す現象で性格や言動が纏まり、この人物が確立されていったからです。

コウとの繋がりを除けば平凡な現代人の京矢は、コウが特殊過ぎる存在であるが故に表現できない部分を代弁してくれる重要なキャラになったと言えるでしょう。

例えば、京矢はあまり熱血漢《ねっけつかん》ぶりを醸し出したり、恋愛染みた行動をとったりしないコウの代わりに、作中では色々と活躍してくれます。

そして、今回の京矢編のメインとも言える魔導技術研究施設での事件に至るわけです。

以前からこういう特定の施設や地区など、閉鎖空間的な場所を舞台にしたサスペンス調のエピソードを書いてみたいと考えていました。

まだまだこのタイプの物語は書き足りないので、今後も特定の限られた空間を行ったり来たりしながら、事件や冒険に挑むお話を作りたいと思ってます。

それではまた、次巻でお会いできれば幸いです。

二〇一六年十二月　ヘロー天気

大人気チート作家！
シリーズ大好評発売中！
異界の魔術士
IKAI NO MAJUTSUSHI
新シリーズ「無敵の留学生」
地球の発明少女、異界の学院大改革!?
◎1～3巻◎四六版
◎各定価：本体1200円＋税
◎イラスト：miogrobin
無敵の発明少女 異世界に参上！
RB レジーナ文庫
◎1～6巻 ◎文庫判
◎各定価：本体640円＋税
◎イラスト：miogrobin
Spirit Migration
スピリット・マイグレーション
アルファライト文庫
スピリット・マイグレーション
Spirit Migration
1
ヘロー天気
アルファライト文庫 創刊2周年！
おかげさまで
大好評発売中！
◎1～3巻 ◎文庫判
◎定価：本体610円＋税
◎イラスト：イシバシヨウスケ
アルファポリスCOMICS
スピリット・マイグレーション
Spirit Migration
1
ヘロー天気
茜虎徹
魔物に憑依して異世界を大冒険!!
異色ファンタジー、待望のコミカライズ
漫画：茜虎徹
◎1～2巻 ◎B6判
◎定価：本体680円＋税

著者累計
68万部
突破!
ネットが生んだ
「ヘロー天気」
ワールド・カスタマイズ・クリエーター
アルファライト文庫
ワールド・カスタマイズ・クリエーター
ヘロー天気
1
「災厄の邪神」として召喚された青年が
超チート性能《スキル》で
異世界大変革《カスタマイズ》!
アルファライト文庫
創刊!!
アルファポリス COMICS
ワールド・カスタマイズ・クリエーター
1
World Customize Creator
原作：ヘロー天気
漫画：土方悠
武器強化・地形変動・要塞出現……
シリーズ累計
19万部
突破!
超チートスキルで
異世界大改革!
大人気ファンタジー待望のコミカライズ!
漫画：土方悠
◎1～5巻 ◎文庫判 ◎各定価：本体610円＋税
◎イラスト：匈歌ハトリ
◎1～3巻 ◎B6判
◎各定価：本体680円＋税

超エンタメファンタジー!
最新10巻
大好評発売中!
ゲート
GATE
自衛隊 彼の地にて、斯く戦えり
柳内たくみ
10
竿尾悟
日本と特地を繋いだ
かつてないスケールの超エンタメファンタジー
冥府の王との邂逅
累計410万部!
大人気シリーズ、コミックス第10弾!
アルファポリス
COMICS
漫画:竿尾悟
コミックス
本編1~10
各定価:本体700円+税
GATE ゲート
自衛隊 彼の地にて、斯く戦えり
外伝+ 特地迷宮攻略編
柳内たくみ
上
下
2016年1月
TVアニメ
第2クール好評放送中!
アルファライト文庫
文庫
本編1~5
外伝1~4・外伝+
(各上下巻)
各定価:本体600円+税
イラスト:黒獅子
外伝+《プラス》
(上・下)
待望の文庫化!
スピンオフコミックスもチェック!!
ゲート featuring The Starry Heavens
原作:柳内たくみ
漫画:阿倍野ちゃこ
1~2
ゲート 帝国の薔薇騎士団
ピニャ・コ・ラーダ14歳
原作:柳内たくみ
漫画:志連ユキ枝
1~2
めい☆コン
原案:柳内たくみ
漫画:智

かつてないスケールの
TVアニメ化作品
ゲート
柳内たくみ
Yanai Takumi
自衛隊
彼の地にて、
斯く戦えり
累計410万部!
最新
外伝＋《プラス》
大好評発売中!
単行本
本編1～5／外伝1～4・外伝＋
各定価：本体 1700 円＋税
イラスト：Daisuke Izuka
ゲート
外伝＋ 特地迷宮攻略編
柳内たくみ
自衛隊
彼の地にて、
斯く戦えり
2015年7月 より TOKYO MX, MBS, テレビ愛知, BS11, AT-X ほかにて
TVアニメ
放送開始予定!
京極尚彦
浦畑達彦
A-1 Pictures
GATE
シリーズ累計 240万部 突破!

超人気異世界ファンタジー THE NEW GATE
スマホアプリ絶賛配信中!
THE NEW GATE
ザ・ニュー・ゲート
スタートダッシュキャンペーン
開催中!!!
ゲームを始めるだけで豪華アイテムをプレゼント!
大迫力の
本格バトルRPG
ここに開幕――!
【Android】Google Play
【iOS】App Store
でダウンロード!
公式サイトは
こちら
http://game.the-new-gate.jp/
©Shinogi Kazanami / ©AlphaPolis Co., Ltd. キャラクター原案: 魔界の住民・三輪ヨシユキ

Re:Monster
ゲームアプリ解放《リリース》中!!
50万ダウンロード突破!
※2016年10月31日時点
App Store無料ランキング（ゲームカテゴリ）2位!
※2016年2月25日時点
Google Play™ 国内アプリ新着無料ランキング3位!
※2016年2月26日時点
「大戦」機能完全リニューアル!
20vs20の大型イベント 定期開催中!
喰えば喰うほど強くなるRPG!
Re:Monster
リ・モンスター
～ゴブリン転生記～
書き下ろしマンガも公開中じゃよ
詳しくは
http://remonster.jp/
にアクセス!
【Android】Google Play
【iOS】App Store
で好評配信中!
携帯サイトはこちらから!
©Kogitsune Kanekiru ©AlphaPolis Co., Ltd.

とあるおっさんのVRMMO活動記
PCオンラインゲーム
絶賛サービス中！
ワンモア・フリーライフ・オンライン
とあるおっさんのオンライン活動記
上級クラス実装で
新たな展開へ！
キャラクター固有のスキルを自由に組み合わせ、
自分だけのコンビネーションを繰り出そう！
詳しくは http://omf-game.alphapolis.co.jp/ へアクセス！
©2000-2016 AlphaPolis Co.,Ltd. All Rights Reserved.

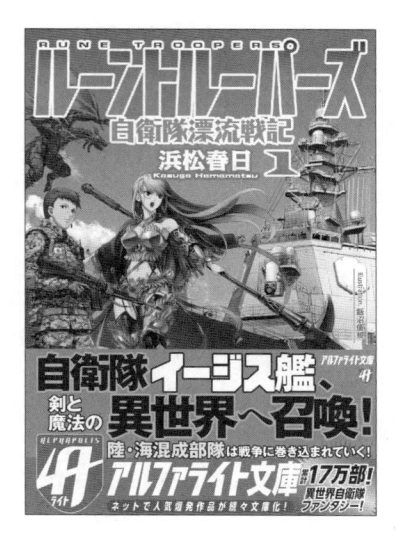

アルファライト文庫

本書は、2014 年 9 月当社より単行本として
刊行されたものを文庫化したものです。

スピリット・マイグレーション 3

ヘロー天気（へろーてんき）

2017年 1月 27日初版発行

文庫編集－中野大樹／篠木歩／太田鉄平
編集長－塙綾子
発行者－梶本雄介
発行所－株式会社アルファポリス
〒150-6005東京都渋谷区恵比寿4-20-3恵比寿ガーデンプレイスタワー5F
TEL 03-6277-1601（営業） 03-6277-1602（編集）
URL http://www.alphapolis.co.jp/
発売元－株式会社星雲社
〒112-0012東京都文京区大塚3-21-10
TEL 03-3947-1021
装丁・本文イラスト－イシバシヨウスケ
装丁デザイン－ansyyqdesign
印刷－株式会社廣済堂

価格はカバーに表示されてあります。
落丁乱丁の場合はアルファポリスまでご連絡ください。
送料は小社負担でお取り替えします。

ISBN978-4-434-22788-2 C0193